丹松少女

Las Muertas

〔墨〕豪尔赫·伊瓦尔根戈伊蒂亚 著

王琪 译

北京联合出版公司
Beijing United Publishing Co.,Ltd.

新经典文化股份有限公司
www.readinglife.com
出　品

故事中部分情节是事实。所有人物皆为虚构。

J.I.

目　录

两次复仇

1

请和我一起勾勒他们的样子：四个人都戴着墨镜——“梯子”伏低身体，正开着车；“勇士”尼古拉斯坐在他身边，信手翻看《玛丽亚群岛》；后座上坐着一个女人，盯着窗外；贝多亚上尉则打着瞌睡，头一点一点地。

这辆钴蓝色的汽车在费力地攀爬狗坡。时间是一月的某个早晨，阳光明媚，万里无云，平原上有炊烟徐徐飘升。路途很长。道路一开始是笔直的，过了狗坡以后就变得如蛇形盘绕，延伸进古埃梅斯山区的仙人掌丛里。

“梯子”在圣安德烈斯停下车。其他三个人都睡着了，他叫醒女老板付了加油费，走进一旁的小餐馆。早餐他吃的是猪肉脆皮、烩菜豆和一个鸡蛋。他喝到第二杯咖啡的时候，其他三人走进餐馆，面带倦容。他同情地看着他们：对他来说一天的开始，对他们来说正是狂欢的结束。

那三个人坐下。上尉谨慎地问服务员：

请问这里有什么好吃的？

“梯子”起身往街上走，两只手揣在口袋里，嘴里叼着一根牙签，在广场上缓慢地大步踱着。尽管有阳光，风却很冷。他掖了掖毛呢大衣，停下脚步看几个擦鞋匠往墙上扔小瓦片——与他玩过的跳房子不太一样。他一边走一边想，梅斯卡拉的居民是不是比下普兰的居民更没文化。随后，他又停下来阅读少年英雄纪念碑上的碑文——“为国捐躯的人们无上光荣……”这时，他看到他的三名乘客——“载重”，用司机的行话说——走出了餐馆。上尉和“勇士”身着便服，但前者照旧穿着骑兵靴，后者也还穿着橄榄绿的制服衬衣；塞拉菲娜穿着发皱的黑色连衣裙，上车的时候会露出黝黑的大腿和胳肢窝。三个人一坐稳，就气势汹汹地按响车喇叭，催促司机过去开车。

一路上他们经过了很多有名的地方。在上阿基斯格兰——村口有个标牌写道：“总统先生，有人偷了我们的水”，塞拉菲娜喝了一瓶汽水；在哈拉帕托，“梯子”下车往教堂的募捐箱里塞了一比索——这座教堂就是靠司机的捐助修建起来的；在阿西莱斯，他们买了些奶酪；路过卡萨瓦特山下时，上尉要求下车方便一下——他的原话是

"做个标记";在圣胡安德卡米诺——这里有一座圣母教堂,他们停车休息。

塞拉菲娜走进教堂。(根据后来的描述,她点燃了一根蜡烛,跪在圣母像前祈求办事顺利。她还在红色丝绒布上钉了一枚银制心形还愿挂件,提前表示感激,仿佛心愿已经达成。)此时,三个男人坐在冷饮店里一边吃冰激凌一边讨论,认为白天行动更方便。塞拉菲娜从教堂出来与他们会合后表示反对,命令计划在晚上执行。

这意味着大家还要干等三个小时,于是他们在哈尔辛格村口的一棵人心果树下睡觉打发时间。太阳落山的时候,萨尔托德拉图斯巴纳的狗开始冲他们吠叫。

这个镇子很大,每隔两百米立一盏路灯,但是地处偏僻,一路上尘土飞扬。这里因每户人家都有一个番石榴园而闻名,不过现下户户大门紧闭。街上只有孩子在玩耍。

"梯子"把车停在街角。路灯下有几个人在吃猪肉玉米浓汤。"勇士"尼古拉斯下车,迎着那伙人的目光走到他们面前,对煮汤的妇人说:

打扰了,请问哪里有面包店?

妇人说,镇上有三家面包店,还给了他地址。他们开车跑遍了整个镇子,一家一家找,直到来到第三家。

看来就是这儿。"勇士"说。这已是他第三次下车,酥皮饼干也已买了三袋。

紧接着所有人都下了车。三个男人走向汽车后备厢，塞拉菲娜走进面包店。整个街区只有这家店的两扇门开着，店里装潢简陋。塞拉菲娜小心翼翼地靠近，尽量不被人发现。她朝里望去，柜台后面坐着一个男人，还有一个女人正在做账。塞拉菲娜回到车边。“梯子”正用一根软管把汽油从油箱抽到一个铁皮筒里，不慌不忙。上尉和“勇士”从后备厢拿出两杆自动来复枪，装弹匣、拉枪栓——弄出了很大动静，确认了枪没问题。上尉递给塞拉菲娜一把手枪。

之后发生的事情无法确认。“勇士”守着其中一扇门，塞拉菲娜守着另外一扇。她对柜台后面的男人说：

你不记得我了吗，西蒙·科罗纳？那好，我现在就让你记起来。

她用枪指着天，扣下扳机。枪声响过，那一男一女已经躲到柜台下面。“勇士”朝面包店里一阵扫射。他对身边的上尉说：

上尉，请您开枪。

不。我只负责掩护。他端枪瞄着街道对面，防止有人从背后突袭。

“勇士”执行了计划的最后一步：他走进到面包店里

浇上汽油，然后来到店外，擦燃一根火柴，扔到浸了汽油的地板上。

汽油被点燃时发出闷雷似的爆炸声，火焰往门外喷涌。塞拉菲娜走回汽车的时候赶走了几个原本要去买面包的女人——她们看着大火，一脸震惊又有些好奇的表情。她说：

走开！你们在这儿看什么？别多管闲事！

四个人都上车后，“梯子”比平时更艰难地掉了个头，然后踩足油门开了出去。起初，他没找到方向，但不久便找到出口，按照来时走的路驶离了萨尔托德拉图斯巴纳。狗还在叫。

2

大火造成了约三千五百比索的损失。警察在现场的地板上发现了四十八个标准口径的弹壳。所有子弹都在墙上留下了弹坑，其中一颗擦伤了欧菲米娅·阿尔达科小姐的肩膀和右手臂。案发时只有面包店主西蒙·科罗纳和他的店员阿尔达科小姐两人在店里，他们受到的烧伤不足以致命。

检察院的人八点半赶到急救点，两个受害者正在那里接受治疗。检察院的人询问医生，能否请两位伤者录口供，医生回答，女人注射了镇静剂，但男人是清醒的。检察院的人走进西蒙·科罗纳的房间，询问了几个问题。他正打着绷带，靠在床上。

事情是如何发生的？

回答：他当时坐在柜台后面，等阿尔达科小姐整理好白天的销售账目。忽然，他听到一个声音对他说，“你不记得我了吗……”，等等。

他是否怀疑某人或某些人是作案者？

回答：他不是怀疑，而是确信罪魁祸首是塞拉菲娜·巴拉德罗女士，他看见她站在自己面前，握着一把手枪。她住在——这里插入了一个下普兰州佩德隆内斯城的地址。

这位女士的动机是什么？

回答：他不好意思坦白原因，因为他和巴拉德罗女士一起生活过几段时间——“我们有时在一起，有时又分开，因为她实在难以相处”。他和她一起去阿卡普尔科旅行的时候，他彻底抛弃了她，觉得塞拉菲娜不配得到他的爱。被抛弃后，塞拉菲娜深深怀恨在心，用了三年时间寻找他的下落。

他知道其他几个共犯是谁吗？

回答：不知道，但是他可以描述出其中一人的长相。此人在案发前去买酥皮饼干时，西蒙近距离观察过他，“他不高也不矮，不老也不少”。

他知道罪犯是从哪里弄到标准自动来复枪和点四五口径手枪的吗？

回答：不知道。但他和塞拉菲娜·巴拉德罗同居期间曾发现，她和政府军一直有往来。

录完口供、拟好报告、签完字以后，检察院的人依照惯例向上级汇报案情和嫌疑人身份，请求梅斯卡拉州检察长转告下普兰州检察长，让佩德隆内斯的检察官通知该城警长逮捕塞拉菲娜·巴拉德罗，回应针对她的一系列指控。

十五天后，当萨尔托德拉图斯巴纳的居民开始遗忘那场枪击案时，那个检察院的人收到了一封电报：

请您再次审问证人，明确一九六〇年他是否与犯罪嫌疑人塞拉菲娜·巴拉德罗一起实施过秘密掩埋。

第二次接受检察院的人问话时，西蒙·科罗纳表示，在开口之前想弄清楚几个问题：他必须回答提问还是可以保持沉默？——“你是自愿来的还是受到了胁迫呢？”“自愿”“那么你当然有权保持沉默”。塞拉菲娜·巴拉德罗已经被逮捕了吗？——“这里写的是被起诉，也就是说她已经或者即将被捕”。如果他承认参与过那件事，会加重她的量刑吗？——“极有可能”。

西蒙对回答表示满意，于是对他讲述了埃内斯蒂娜、埃尔达或埃伦娜事件。检察院的人拟好审查报告，朗读了一遍。供述人对内容没有异议，在上面签了名。这个签名让他坐了六年牢。

埃内斯蒂娜、埃尔达或埃伦娜事件

1

坐牢期间，西蒙·科罗纳以如下方式讲述了埃内斯蒂娜、埃尔达或埃伦娜事件：

我看见她沿着林荫道走来，但我不愿意相信自己的眼睛。那个身穿黑衣、手拿漆皮包的女人不可能是塞拉菲娜。她与塞拉菲娜样貌相似，穿着也相似，但不可能是同一个人。不管怎样，我感觉到我的膝盖在颤抖。难道我还爱着她吗？

当时我约好了一位财政部的先生十二点见面，准备申请免除一些税款。我站在冷饮摊外面，那个女人继续从树丛间往这边走。她越靠近，看起来越像塞拉菲娜。不可能是她。为了冷静下来，我转念想：她住在别的地方，没有理由到帕哈雷斯来。女人没有停下脚步，离我越来越近。事后她告诉我，她也以为站在冷饮摊旁边的男人不可能是我。等我看清她突出的颧骨、黑色的杏眼和绾在脑后的头发时，已经太晚了。她就是塞拉菲娜，她把我逼进死路了。

她径直朝我走来，张开嘴，露出了那颗坏牙，仿佛要对我微笑。然后她打了我一个耳光。

我一动没动，她转身离开。我环顾四周，想看看是否有人目睹了我颜面扫地的一幕，视野中只有冷饮摊老板。他移开目光，假装忙着把冰激凌球挖到小纸碗里。如果当时他笑了，我一定会打烂他的嘴，但是他没有笑。没办法，我只好背对塞拉菲娜朝反方向走去。

这次和以往一样，她对我无礼，感到抱歉的却是我。我把刚才那个耳光抛到脑后，就像两年前我忽视的其他问题——比如她出轨一个旅游中介，被我在床底发现一只袜子。此时我脑子里只剩下一个念头：我不能没有塞拉菲娜，之前我抛弃了她，现在我只在乎能否得到她的原谅。

我走在镇子里蜿蜒的小路上，时值六月，阳光很盛，苍蝇乱飞。我对自己说，“她还爱你，刚才的耳光就是证据”。

我后悔没有在刚才认出她的时候跪下求她，请她原谅我曾经抛弃她。我本想对她说“我想回到你身边”。但她走近的时候，我只是愣在那里，一言不发，她走远的时候也没有追上去。我觉得我已经永远失去了她，为此感到很绝望。

想着这些，我不知不觉走到一个街角。我转身查看有没有车开过，结果看到了她。她在一个街区以外慢慢地走着，仿佛在四处乱逛，消磨时间。她已经三十八岁，但从远处看还像个小姑娘。她朝一家糖果店伸头看了看，穿过马路，撞到了一个扛包裹的人。我犹豫着是否应该在她发现我之前离开，她就看到了我。

我还是什么也没做，只是站在那里，等她走过来。

你在帕哈雷斯做什么？她问我。

我对她说了实话——我来找一位先生帮忙免除一些税款。

我来这儿也是因为这个。她说。

我们在那条陌生的街道、那个陌生的城镇、那个时间点相遇，仿佛是世界上最自然不过的事情。仿佛我们两年前没有因为争吵分开，二十分钟前的重逢也不是以耳光作为开场。我们的关系一向如此。我从来不懂我们在一起是为了坚持什么。

我看了一眼手表，指针已经迈过十二点。我准备提议和她一起去见那位财政部的先生。而她对我说：

带我去开房吧。

她涂着颜色奇怪的口红，类似紫色。

我们在“商务旅馆”待到晚上八点，出来时饥肠辘辘，于是去旅馆门廊处的餐厅用了晚餐。塞拉菲娜有急事要回佩德隆内斯，我在萨尔托德拉图斯巴纳的同居女友应该也等得很焦急。然而晚餐过后，我们没有分道扬镳，而是回到旅馆过了夜。

如果起床后我直接回家，那次相遇只会成为我人生中无数件小事之一，转头就忘，也没什么好宣扬的。但是我没有回家。当我睁开双眼时，我想起了和我同居的女人。一想到她可能痛苦万分，以为我横尸街头、浑身是血，我就更不想见到她。我穿上衬衫，把头伸出窗外，看见了广场上的月桂树和鸣叫的嘲鸫。然后，我朝床上熟睡的塞拉菲娜看去，忍不住想叫醒她。

我等她冲完澡、换好衣服。当她坐在镜子前编辫子的时候，我发现镜中的映像与她本人差异很大，这一点我以前就注意到了。回忆起从前美好的日子，我心头涌起一股强烈的情感，于是对她说：

我送你去佩德隆内斯。

但是她不去佩德隆内斯了，已经没什么要紧事了。她要去圣佩德罗德拉斯科连特斯，她姐姐阿尔坎赫拉邀她一起吃饭。我不想和她分别，便对她说：

那我送你去圣佩德罗。

我的车子是一辆福特 55，停在帕哈雷斯河边的一家机械修理厂里。如果我们到修理厂的时候，机械师——像偶尔会发生的那样——出来对我说“你的车还没修好，缺的零件我们没买到”，我可能会把塞拉菲娜送到大巴站，在那里与她告别，我的人生就会是另一番景象。但是车修好了，油门一踩就发动起来，我就落到这般田地——面临六年的牢狱之灾。

从帕哈雷斯到圣佩德罗德拉斯科连特斯的山路非常陡峭，任凭视力再好，周围除了石头看不到别的。然而过了山顶以后，天地焕然一新：左手边可以远眺狼谷——下普兰州最肥沃的山谷之一，山谷里种满了作物，不是苜蓿就是草莓，不是玉米就是小麦，连水渠里的金合欢树都枝叶茂盛。我一直很喜欢那个山谷，那天上午尤甚，因为塞拉菲娜的陪伴让我很开心。她十分平静，把一只手搭在我的大腿上。我感觉烦恼都消失了，于是问她：

看见这样的景色，你不觉得心胸都舒展了吗?

然而，我看的是左边的狼谷，她看的是右边的古埃梅斯山区，她以为令我心胸舒展的是山上那座基督像——矗立在最高峰之上，面朝西方，正如人们描述的那样，仿佛要拥抱梅斯卡拉州。塞拉菲娜把搭在我大腿上的手收了回去，然后说：

你总喜欢鼓吹你的家乡有多好。

这就是我与她的相处模式。我跟她分享一件美好的事物，她对此冷嘲热讽。我并不苦恼，因为我非常清楚她对我有什么不满。每次抛弃她后，我都会回到位于梅斯卡拉州腹地的萨尔托德拉图斯巴纳，因此她一直很讨厌这个地方，在她面前不能提这个名字，也不能说那里的番石榴好吃。那天上午，就好像我提到了“萨尔托德拉图斯巴纳”一样，她突然神色黯淡，对我说：

就因为我是老鸨，你觉得我配不上你。

我着急了，对她说：

我不是因为这个离开你的，我刚才也没看耶稣像，我看的是另一边。你为什么总向我抱怨一些无法解决的事情？你明明知道这样下去，唯一的结果就是浪费美好的一天。

我不知道这触动了她的哪根神经，她重新把手放到我的大腿上，没再说话。

要是我在她说出那句胡话时就把她赶下车，情况也许不是现在这样。我们也许能过得更幸福。

我们去万特拉买了些牛油果，坐在金合欢树下的石头上吃完了。周围十分平静，只能听见斑尾鸽的叫声。从我们所处的位置能看到黑土筑的水坝，还有一对正在犁地的耕牛。眼前这片祥和让我们忘记了争吵，甚至忘记了我们去帕哈雷斯是为了处理生意上的事，以及我们什么也没做成。塞拉菲娜说了句“要是生活这样继续下去就好了”，或者类似的话。

回到车上前，出于好奇，我们走进了一家废弃的纺织厂。塞拉菲娜想让我在空荡的厂房和坍塌的天花板间再次占有她，我满足了她。之后我们上路，下午两点抵达圣佩德罗德拉斯科连特斯。

塞拉菲娜邀请我去她姐姐家吃饭，但我根本不想见到阿尔坎赫拉。我知道她对我从来没什么好感，一九五八年我抛弃了她妹妹之后，应该更是如此。因此，我决定在舞厅“美丽的墨西哥”门口结束这场奇遇。

我就在车里跟你说再见吧，我对塞拉菲娜说，愿上帝保佑你。

然而上天安排了另一个剧情。我刚把车掉头开进阿连德街，就看见了站在人行道上的阿尔坎赫拉女士。尽管天气很热，她还是戴着面纱，仿佛在戴孝，左右各有一个女孩陪同。那三人朝我看过来，仿佛正在等我。

我只能硬着头皮停车、熄火，下车问候她。见我打开车门，阿尔坎赫拉用狡黠的眼睛朝我一瞥，仿佛在说“等的就是你”。片刻之后她张开双臂，亲切地对我说：

见到你我多么高兴啊，西蒙！

她拥抱了我，甚至亲了我一下。我本该怀疑她的态度，但是我没有，尽管我注意到塞拉菲娜也对她的热情大吃一惊。我推托说自己只是路过，但是无济于事：正值下午两点半，热饭热菜刚刚出炉，而且女主人很高兴再见到我。她坚持要我把车从舞厅正门旁边的小门开进院子：

这样你就不用担心街上的小混混搞破坏了。

我停车的时候，阿尔坎赫拉似乎和塞拉菲娜说了一些严肃的事。下车后我注意到一个奇怪的细节，大部分女人都在走廊上靠着栏杆，要么在交谈，要么看着我。

进入餐厅后，阿尔坎赫拉抓住我的胳膊对我说：

你能回来我很高兴，自从你走后，我妹妹交往的男人都是灾难。

我想向她解释，我只是路过，并非和塞拉菲娜重修旧好，但她不给我说话的机会。她请我坐下，送上一瓶所谓的特制龙舌兰酒，还让之前陪她出门的两个姑娘给我拿来盐和柠檬，然后和塞拉菲娜离开了餐厅。

巴拉德罗姐妹从一个门出去，两个姑娘从另外一个门出去了。我在餐厅独自坐了将近一个小时，看着那瓶酒，时不时就着瓶嘴喝一口，因为没人给我拿杯子。当两姐妹终于回到餐厅时，我站起来对她们说：

我走了，还是车里更适合享受孤独和饥饿。

西蒙，塞拉菲娜叫住我，我姐姐遇到了一个大难题。

她向我解释，前一天夜里，一个在“美丽的墨西哥”工作的姑娘死了，不知道是叫埃内斯蒂娜、埃伦娜还是埃尔达，她们不知道该怎么处理尸体。

给她守个夜，然后带到公墓埋了。我建议道。

阿尔坎赫拉告诉我，那个姑娘是在暴力事件中死去的，没有检察院的介入不能埋进公墓。

我不能这样做，她补充道，会惹来麻烦的。

没有更好的办法，她们只能把尸体从梅斯卡拉州道运出去，丢到荒地。但是，计划出现了第二个问题：她们联系不上“梯子”——她们唯一信任的司机。

所以我才这么担心。阿尔坎赫拉一边说，一边擦拭眼眶中若有若无的泪水。

我回答她：

你不用担心，阿尔坎赫拉，把尸体抬到我车上，我帮你丢到指定的位置。

说完这话我就后悔了，但为时已晚。实际上，从一开始我就无法回头了。要想事情按照另一个路径发展，我就不应该在前一天去帕哈雷斯商量减税的事。不到五分钟前我还在等着别人用食物招待我，现在却要把尸体运进山里。

她们对我的主动帮助非常感激。塞拉菲娜把手搭在我的大腿上，我确信她想当场跟我来一发，但我没那个心情。阿尔坎赫拉擦干眼泪，走出餐厅。我听见她在院子里叫道：

告诉“梯子”，我们现在不需要他了。

后来我才知道，不是她们没联系上“梯子”，而是他要收一千比索。

不一会儿，阿尔坎赫拉回来了，手里拿着一沓叠起来的钞票，递给我说：

汽油钱，拿着。

一共五百比索，我揣进口袋，斗胆提了个条件：

我可以把尸体运到你们指定的任何地方，前提是我不碰它。

汤端上来的时候我已饿意全无。

2

他声称自己叫西蒙·科罗纳·冈萨雷斯，四十二岁，已婚，墨西哥人，常住萨尔托德拉图斯巴纳，职业是面包师，不会读写，只会写自己的名字，信奉天主教，很少喝含酒精的饮料，不抽大麻，不吸毒，也不服用精神类药物。被问及是否自愿供述时，他说，是。

他说自己和塞拉菲娜相识于一九五二年，地点是佩德隆内斯磨坊街上她开的一家舞厅。认识当天他就做了她的情人，与她同居两年，之后离开她回到萨尔托德拉图斯巴纳。一九五七年，应塞拉菲娜的请求，他又回到她身边。同居一年后，他再次抛弃她回到萨尔托德拉图斯巴纳。他还陈述了以下事实：

“一九六〇年，我在帕哈雷斯城偶遇塞拉菲娜，她想让我送她去圣佩德罗德拉斯科连特斯，她姐姐阿尔坎赫拉那儿。到了之后阿尔坎赫拉对我说‘把车开到院子里’，我照做了。有人把我带到餐厅，拿出一瓶龙舌兰酒请我喝，之后两姐妹进来对我说，‘太阳一落山，你就上路，把一个姑娘的尸体丢到悬崖下面’。我开车带她们上了梅斯卡拉州道，到达一个拐弯处时，阿尔坎赫拉对我说‘在这儿停车’，我便停下。把死人抬上车的时候我不在，但是我得帮忙把她抬出后备厢。尸体已经僵硬了，阿尔坎赫拉、塞拉菲娜和同行的一个叫埃尔维拉的姑娘三个人拖不动。当我们抬着尸体走向悬崖时，上面覆盖的麻袋掉了下来，于是我看到了她的脸：五官瘦削，眼睛很大，还圆睁着。据她们介绍，那个姑娘叫埃内斯蒂娜、埃尔达或埃伦娜。事后我们回到圣佩德罗德拉斯科连特斯，在家门口下车时阿尔坎赫拉对我说，‘如果让我发现你走漏了今晚的事，我会找你算账的，就算你躲到天涯海角，我也能找到你’。之后我和塞拉菲娜回到佩德隆内斯一起生活。六个月后我第三次抛弃她，回了萨尔托德拉图斯巴纳。”

旧情人

1

胡安娜·科尔内霍女士，绰号卡拉韦拉[①]，讲述了有关西蒙·科罗纳和塞拉菲娜·巴拉德罗的交往，内容如下：

在塞拉菲娜女士的众多情人之中，堂[②]西蒙是最懂礼貌的。他称呼我为“卡拉卡女士”，称呼姑娘们为“小姐”。他有求于人时会说“如果不麻烦的话”，离开房间时会说“不好意思”。

他起得很早，进厨房的时候我一般在生火。

卡拉卡女士，早上好。

有时候他会离开很久，但只要他一回来，总是第一个在早上向我问好。

① calavera，在西班牙语中意为“骷髅头”。后文出现的卡拉卡（calaca）和卡拉维丽塔（calaverita）都是同一单词的变形。

② 西班牙语中对男性的尊称。

我一边做早餐，一边听他跟我讲萨尔托德拉图斯巴纳的事。对他而言，没有比午后牵着女孩的手在彼德拉斯河边散步更美好的事。

据说，堂西蒙上午坐在阅兵广场听音乐，下午在小酒馆玩多米诺骨牌。晚上回来时不进舞厅，直接回到塞拉菲娜女士的房间，第二天才露面。

有时候他表情严肃，盯着盘子里的辣酱玉米饼，过一会儿对我说：

我随时准备离开。

他经常早餐吃到一半就起身，不是去阅兵广场，而是走到院子里，坐在番石榴树下。过一会儿，塞拉菲娜女士会走过去问他发生了什么。他准是对她说，自己对佩德隆内斯的生活感到厌倦，想回到萨尔托德拉图斯巴纳。塞拉菲娜很可能这样回答他，没关系，他可以走。说完后哭着回到厨房继续吃早餐。

这和他们平时因为嫉妒产生的争执不一样，矛盾导火索在于堂西蒙总是想着离开。他走了三次，都离开了很长一段时间，有两次回来了。但他想走却没走成的次数更多。

有一天他打包好行李，在家里到处与人告别。

我坐五点半的大巴离开。他对我们说。

这是他买车前发生的事。

他告别的时候有人敲门。我打开门，门口站着拉古纳上尉和另一位军人。他们问我堂西蒙在不在。

他走了好一会儿了。我对他们说。我知道堂西蒙和他们不是朋友。

上天保佑，他们没有进屋，否则在走廊的第一个拐角处就会撞见堂西蒙。不过，他们虽然没进来，但也不相信我说的话，因为他们一直在街角蹲守。当堂西蒙得知政府军的人过来找他，还在外面等他时，吓得几个月不敢出门，完全忘了要回萨尔托德拉图斯巴纳这回事。

那次是他走运。还有更糟的时候：政府军派士兵跟踪他，在圣佩德罗德拉斯科连特斯抓住过他一次，另一次是在穆埃达戈。士兵们把他带回佩德隆内斯，关进军营，让他清扫污物，折磨他。这样的情形一直持续到塞拉菲娜为他求情为止。她和萨拉特上校是朋友，想办法把他救了出来。堂西蒙回来时带着一副见了鬼的表情，吞下了一叠玉米饼，好长时间都没再提过要离开的事。

有一天我问他，他有什么秘密值得政府军如此穷追不舍。他说他是个逃兵，年轻时加入了骑兵团，但因吃不了苦，在退役三个月前逃走了，结果被追踪了二十年。

2

关于她和西蒙·科罗纳的关系，塞拉菲娜·巴拉德罗讲述道：

西蒙第一次去磨坊舞厅的时候不过是个没文化的男人。我看见他一个人站在吧台前，不跟别人说话。我纳闷，这大个子怎么了？为了让他放松些，我带他去跳舞。他一个舞步也不会，还好我擅长，在我的耐心教导下，他逐渐学会了。

请我喝杯酒吧。过了一会儿我对他说。

那傻大个向我坦白他身上只有十五比索。

感谢上帝吧，我对他说，幸亏你讨这里的老板喜欢。

他不相信我是舞厅老板。大家都不相信。我看起来既年轻又漂亮，没人能想到我是个老鸨。

把那十五比索给我，我对他说，其他费用我包了。

说实话，我当时很喜欢他。我们找了一张桌子坐下，他告诉我他来自萨尔托德拉图斯巴纳，是一名面包师。

那你的肚脐眼儿里一定都是面包屑，我说，我希望你跟我上床前好好洗个澡。

我把他带进我的浴室——他仿佛第一次知道这个东西。我看见他站在里面，光着身子，拨动着热水阀，心中涌起一股强烈的情感。他虽然外表粗犷，但是内心柔软。

我养成了他。如果说他现在有了点作为，那都应该归功于我。我刚认识他的时候，他就像刚下山的村夫。

从一开始，我们的生活习惯就大相径庭。大部分时间我们是快乐的，但有时我感觉我的工作影响了两人的关系。比如，我接待客人、陪他们聊天或者和他们坐在一起时，他会感到嫉妒。他也不喜欢我每天凌晨两三点才睡。

这是我的工作，我对他说，我要是不工作，我们靠什么吃饭？

他也不喜欢我养他。

你要是不喜欢别人养你，就去工作，我对他说，没人让你闲着。

我建议他无聊的时候清点一下空瓶子，或者给姑娘们发发筹码[①]，至少偶尔可以主动帮忙巡视舞厅，确保客人点的酒都上齐了。

我不是服务员，他回答我，我是面包师。

事实上，跟我同居的那几年，不需要他赚一分钱。

我和西蒙一起生活的三段时期中，最后一段最美好。他对我的抱怨少了，我也充满激情。当时我很快乐，甚至产生了看海的念头。

---

① 陪酒小姐服务后可以获得相应数量的筹码，之后按筹码数量计算小费。

带我去阿卡普尔科吧。我对他说。

他把车修整好，我从抽屉里取出一千五百比索，然后一起上路。

路上我就应该料想到会有坏事发生。那天天气很热。我只穿着一件黑色单衣，没办法脱。每过一个山坡，我都期待着能看见海，但目之所及只是无穷无尽的山。我运气太差了，打盹儿的间隙错过了海，醒来时车已经开到镇上。我们入住的旅馆院子里有一棵人心果树。房费三十比索。一关上房门我就脱下衣服，仰面躺倒在床上。不出一分钟，西蒙就骑到了我身上。

走开，我对他说，没看见我热坏了吗？

西蒙停下动作，什么也没说，梳了梳头，换上一件干净衬衫出门了。

很快我就后悔赶走了他。我开始胡思乱想，要是他在这个陌生的地方因为其他女人抛弃了我，我该怎么办？因为我知道，阿卡普尔科处处是诱惑。过了很长时间我才鼓起勇气出去找他。我害怕再也见不到他。

我担心的事情没有发生。我在三个街区外找到了他。他坐在广场的长椅上听音乐，就像他平时坐在佩德隆内斯的阅兵广场上一样。见到他后，我大喜过望，竟扑到他怀里哭了起来。用过晚餐以后，我们去克夫拉达舞厅跳舞。

第二天我们做的第一件事是买泳衣，然后去了海滩。我不敢下海，就坐在木棚子下喝啤酒，顺便欣赏海浪将西蒙拍倒的样子。一个小男孩卖给我两张游船票，船上有管弦乐队演出。吃过午饭，我们去码头找到了那艘船。船上有自助餐厅，于是我们一直在里面喝酒、跳舞。黄昏时分，我们看着太阳落入海里。那一刻，我感觉自己度过了人生中最幸福的一天。我问西蒙：

你爱我吗?

他给了我肯定的答案。于是我向他提议卖掉舞厅，从此远离皮肉行当，出钱为他开一家面包店，然后我们一起回萨尔托德拉图斯巴纳，在他喜欢的地方生活。听完这些，他非常开心。

下船后，我们手牵手在镇上散步，好像一对新婚夫妻。回到旅馆后，我脱下裙子，对西蒙说：

现在我想让你骑上来了。

他骑上来的时候，我觉得自己从来没有这样爱过一个人，我和西蒙的爱情会天长地久。这个念头让我向他坦白了我的故事。

我把一切都告诉了他，就连他试图抛弃我的每一次，是我串通萨拉特上校派士兵去抓他、把他关进军营折磨的事也说了。

还没讲完，我便发觉他的脸色阴沉了下来。我不得不向他解释：

我是因为太爱你了才做出这样的事情。

他没回答，背对着我下了床，开始穿衣服。

你生气了吗？我问他。

我们去吃晚饭吧。他回答的时候没有看我。

我赶紧穿上衣服，在心中对自己说："你犯了大错。"

我们在街上沉默地走着，突然西蒙拦住我，对我说：

我要去对面的商店买一瓶朗姆酒。你听好我接下来的话，在这里等我，不要离开，不然我从店铺回来会找不到你。

我想让他开心，于是对他说，不管是哪儿，我都会在他告诉我的地方等他。我看着他穿过马路，走进商店，遵守了指示：在他说的地方等他。等了好一会儿我才不安起来：难道他在买百加得[①]的时候猝死了吗？我不敢过马路去店里找他，要是跟他走岔了，他找不到我，变得更加生气怎么办？但当我看到店家开始放下窗帘，我等不下去了。我穿过马路，走进商店，没见到西蒙的影子，却发现商店有个后门，通向另一条街道。那时我才意识到，上一刻宛若永恒的爱情已经走到了尽头。

---

①古巴烈酒品牌。

回到旅馆，前台告诉我西蒙“已经开车走了”。他甚至不懂结账是最基本的风度。

发生这一切，只是因为我对一个不值得的男人过于真诚。

贝多亚的出现

1

描述与西蒙·科罗纳在阿卡普尔科分别后几个月内的身心健康状态时，塞拉菲娜·巴拉德罗说到了头痛的症状，以及一个人在餐厅里关着灯吃面包夹沙丁鱼罐头的病态喜好。她不想和任何人说话，对做生意提不起兴趣，还患上了厌男症——她人生中第一次禁欲四十七天，其间不修边幅，几乎一个月没有梳头，一想到有人用手碰她就觉得恶心。禁欲结束后，她和一名叫阿塔格拉夏的女员工发展了一段柏拉图式的恋情，后来她把这个员工赶走了。

那段时间她还经常失眠。凌晨时分总是睁着眼睛，沉浸在自己想象的与西蒙·科罗纳的对话中。她指责西蒙不懂感恩，向他证明她做的一切都是为他好，还列出了他欠她的所有人情。她说，在黑夜里，她不敢把手伸出被子去开灯，因为害怕会碰到一只冰冷的手。

最后一次失眠时，她终于明白西蒙不会再回到她身边，并且发誓自己得不到的东西别人也休想得到。也就是说，即使走遍天涯海角，她也一定要找到他，然后杀了他。她想象自己拿着手枪射击的画面，西蒙躲在墙角，衬衣上满是弹孔，神情痛苦。欣赏完脑海中的这个场景，塞拉菲娜沉沉地睡去了。

一周后，她第一次前往萨尔托德拉图斯巴纳——那个她憎恶的镇子。她在漆皮包里装了一把点二五口径的手枪，但对开枪没有把握，又放了一把剪刀，以防万一。

她觉得那个镇子糟糕透了。她在镇上挨家挨户打听西蒙·科罗纳，但一无所获，只找到了两个他的旧情人。西蒙曾经为了塞拉菲娜抛弃了其中一个，后来为了另外一个抛弃了塞拉菲娜，最后又为塞拉菲娜抛弃了后者。

镇上的两个女人仅打过照面，三人间只模糊地知道彼此的存在。三个多年来互相憎恨的女人聚在一家餐馆，相处得很融洽。同样被抛弃的命运和同一个男人的背叛将她们团结在一起。

我对他的怨恨太深。我要找到他，让他尝尝真正的痛苦是什么滋味。塞拉菲娜坦言。

其他两个人没有反对，也不拒绝加入复仇行动。三人达成协议：只要西蒙·科罗纳一回到萨尔托德拉图斯巴纳，镇上的两人就发电报通知塞拉菲娜；塞拉菲娜则保证，只要情报准确，她会付给报信的人五百比索。三人举起手中的乌迪纽拉白兰地一饮而尽。那天下午，镇上的餐馆里第一次出现了三个孤零零的醉酒女人。

这个协议注定要作废。将塞拉菲娜抛弃在阿卡普尔科后，西蒙·科罗纳在梅斯卡拉的一家面包店工作了三个月。等他终于回到萨尔托德拉图斯巴纳，他的两个旧情人都完成了自己的任务，分别给住在佩德隆内斯的塞拉菲娜发了一封电报。然而那个时候，塞拉菲娜已经对寻找西蒙完全失去了兴趣。她没有付给任何线人五百比索。两年零九个月后，她才实施了第一章的报复行动。

2

第一次见到贝多亚上尉时，塞拉菲娜·巴拉德罗站在佩德隆内斯的孤独街和五月五日街的交叉路口。他骑着一匹借来的、有黑白花纹的马，手握一把出鞘的军刀，头戴军用头盔。那是一九六〇年九月十六日，部队检阅的日子，街上播放着《龙骑兵进行曲》。她说，她之所以注意到贝多亚上尉，是因为他骑的马与众不同，而且他在整个军团里肤色最深。贝多亚上尉没有看到她。检阅结束后塞拉菲娜就回了家，没再想起他。五个月之后她再次见到贝多亚上尉，并且认出了他。

我们想象一下，这五个月里，贝多亚上尉骑着另一匹马——这是一匹深枣红色的马，属于政府资产——在古埃梅斯山区一条崎岖的小路上一刻不停地行进。天气很热，有苍蝇落在上尉的脸上，树牵牛花开得正盛。上尉身后跟着一列骑兵纵队，他们不断用手拨开金合欢的树枝；上尉身前有一个男人带路——一名农场工人，戴着宽檐帽，脚踩一双粗糙的皮凉鞋，徒步往前走。他是线人。

小路越走越窄，快到尽头的时候，农场工人停下来，举起胳膊，指着山谷对面：（罂粟）花田就在那边。

我们能勾勒出这次埋伏的场景：两个农夫走进看似很荒凉的山谷，带着几个口袋去收割作物；紧接着是一阵惊慌——他们发现自己被政府军包围了；然后是一顿拷打，非常简单，类似于折断手指或者夸乌特莫克遭受的火烤足底之刑[①]。他们缺乏大无畏的精神，交代了向他们提供种子、收购他们作物的佃农的名字。

---

① 夸乌特莫克是阿兹特克帝国的最后一任统治者。西班牙征服者认为阿兹特克人私下藏匿了黄金战利品，对夸乌特莫克进行了手足火烤刑罚，逼他交代藏金点。

之后的行动无文字记录可考。无从得知贝多亚上尉是如何发现被检举人温贝托·帕雷德斯是阿尔坎赫拉·巴拉德罗的儿子的；也不知他受到了何种直觉驱使，没有通知警察抓人，而是去拜访了被检举人的母亲。

巡查队之前从没发现过罂粟田。结束了那次光荣的巡查，上尉回到营地，在通报中写道，抓捕了两名农夫并焚烧了作物，但没提那两人已经供出了毒贩的名字。他脱下制服，换上便衣，乘坐红箭头路公交车前往圣佩德罗德拉斯科连特斯。

上尉与阿尔坎赫拉的会面证实了后者是个难对付的角色。起初她对上尉不以为意，把他当成了推销员，后来又以为他是卫生局的办事员——“美丽的墨西哥”的马桶一直无法正常使用。上尉说到事关温贝托·帕雷德斯时，阿尔坎赫拉把他带到餐厅，以为他是儿子的朋友，来这里借钱。误会令双方苦恼，澄清的过程也很艰难。

每次回忆起这件事，上尉都佩服自己当时坚定的态度——坚持把问题始末交代清楚：她的儿子是毒贩，不仅犯了法，而且已经遭到举报，被警方控制。之后的几分钟对他而言仿佛几小时一样漫长。他不得不亲眼见证一位母亲的痛苦变化：从毫不知情到认清现实。

一开始阿尔坎赫拉不相信，她辱骂上尉：“你是个骗子。”上尉面不改色，将指控内容复述了一遍。后来，阿尔坎赫拉试图向上尉解释她作为一个母亲遭受的一切：她原本想让儿子学医；为了不让儿子受到不良影响而成为有用之材，她忍痛与儿子分开；她还支付了昂贵的学费。可眼下，她必须面对一个残酷的事实：儿子是个毒贩。

你让我作何感想？上尉。我一辈子的劳苦和牺牲都因这小子的胡作非为毁于一旦。

她号啕大哭，抽下沾有咖啡渍的白桌布，用它擦眼泪。趁周围安静下来，贝多亚上尉说道：

我不想伤害这个孩子……

上尉离开“美丽的墨西哥”时，口袋里揣着五千比索。

这是贝多亚上尉与巴拉德罗姐妹的第一次接触。几个月后，塞拉菲娜想为她的复仇计划准备一支火力更猛的枪，再找一个射击教练，阿尔坎赫拉把贝多亚上尉作为可信对象推荐给了她。

3

塞拉菲娜想买一挺重型机枪，即使开枪时需要用双手托住，即使后坐力会让枪口往上飘，即使枪声震耳欲聋，从胸部射入的子弹会穿透受害者的后背。在塞拉菲娜看来，这些缺点都可以忽略不计，只要确保“被审判者”中枪后无法一边用疯狂的眼神盯着她，一边张着双臂朝她的方向走来、好像要给她一个拥抱。

做出推荐后，阿尔坎赫拉安排双方见面。晚上八点整，贝多亚上尉如约出现在佩德隆内斯的磨坊舞厅。他对餐厅经理说要见老板。

塞拉菲娜当时还处于禁欲期，她决定不失礼貌地接待上尉，但要保持距离。她计划在一个包间接待他，向他解释自己想要什么，看他是否有把握弄到、需要多少钱。要是开价合理，他们就达成协议，确定交易。之后她会叫几个姑娘端酒过去陪坐，自己则站起来嘱咐上尉把舞厅当成自己的家，随意喝酒，尽情放纵，全部由她请客。说完这些，她就会和上尉告别，离开包间去照顾别的客人。

可两人见面的场景令塞拉菲娜始料未及：贝多亚上尉一走进包间，她就认出他是那个骑兵团里肤色最深的人——贝多亚上尉的皮肤是黑紫色的。

您是不是有一匹黑白花纹的马?

上尉赶忙答道：

是借的，女士。

请叫我小姐。

贝多亚上尉向她道歉，立刻改了口，随后坐下。他接过塞拉菲娜递给他的白兰地，表现得规矩、热情。“小姐您需要什么？”“一支厉害的枪”。她说明了自己心中枪的理想特征。上尉向她推荐的是点四五口径标准规格的自动手枪，一千两百比索，两周内交货，附赠一百发子弹。

需要预付一部分吗？

一分也不需要。

她还想找人教她用枪。上尉承诺带她去一个空旷无人的地方练习，直到她能熟练操作。课程收费多少？他重复回答，“一分也不需要”。

交易谈妥了，塞拉菲娜本该起身去叫姑娘。她说，不知道自己为什么又和那个丑男人聊了一会儿。她又给他倒了一杯酒，问他部队里的生活是否像传闻中那样艰苦。上尉熟练地讲起马队行军、忍耐饥渴、雨夜站岗的故事。然后，谈话戛然而止。

塞拉菲娜看见上尉把右臂伸到桌子下面，接着感觉有一只手搭在了她的肚子上。她说，她当时感到惶恐，不知道如何应对。

当天晚上塞拉菲娜结束了禁欲，也把复仇抛到了脑后。

4

塞拉菲娜于一九六一年二月三日结识贝多亚上尉。之后的几个月里，上尉对巴拉德罗姐妹的命运产生了重大影响。他之前承诺两周内弄到手枪，走运的是，三天就拿到手了。他把枪和一百发子弹装在一个空鞋盒里，夹在腋下，第二次出现在磨坊舞厅。他走到餐厅经理身边，对他说找老板。塞拉菲娜容光满面地出去迎接他，请他去自己的房间，在那儿一手交钱一手交货。结束后他们一起过了夜。

三天后，上尉再次出现在磨坊舞厅，他穿着制服。这次是上午十一点。舞厅的大门关着，他便敲响了起居区的后门。卡拉韦拉女士开门后，他说找塞拉菲娜小姐——其他人都称呼塞拉菲娜"女士"，只有他叫她"小姐"。他在走廊里等了一会儿，塞拉菲娜出现了，气喘吁吁，满脸通红，身穿一件丁香色的睡袍。上尉说他来给她上第一节射击课。塞拉菲娜迅速换好衣服，戴上一顶遮阳用的荷叶边宽檐帽。她以为上尉会按照之前所说的，带她去田野间找一块空地练习。但他没有。他们乘坐红箭头路公交车去了康塞普西翁德鲁伊斯，那里是上尉的分遣营地。

（塞拉菲娜只在远处观望过这个小镇，它看起来不过是平原上的一小簇房子。然而那次到访的经历对她的人生具有决定性意义，也对这个故事中其他人物的命运至关重要。康塞普西翁德鲁伊斯不在连接佩德隆内斯和圣佩德罗德拉斯科连特斯的梅斯卡拉州道旁，而是通过一条三公里的岔路与州道相连。）

上尉编造了巡逻、护卫和野外演练的借口支走士兵，因此那天中午，军营里只有警卫队留守。塞拉菲娜从上尉那里接受了枪支使用的基本指导，在分遣部队的射击场进行了第一次自由射击。没有冒失的眼睛盯着她，也没有人出言嘲讽。训练结束后，上尉把她带到指挥部。里面的行军床太窄，水泥地太凉，他们不得不把打字机挪开，在正对着军事区详细部署图的工作台上做爱。之后，上尉请她去戈麦斯旅馆吃饭。

塞拉菲娜说，吃饭的过程中——他们总是点六盘菜——她明白自己爱上了贝多亚上尉。她对西蒙·科罗纳的记忆已经十分模糊，对复仇也丧失了兴趣，后悔当初花一千两百比索买了一把每次扣下扳机耳朵都会被震聋的枪。

她应该对上尉说了这样的话：

跟我讲讲你的生活。

他一定跟她说了他在阿兹卡波萨尔科的妻子，他在军校毕业舞会上认识、征服、诱惑了她，让她怀了孕；还有他的四个孩子——尤其是女儿，小卡梅丽塔；还讲到了有一天，他妻子在普埃布拉老城的步行街上抓到他和其他女人一起吃炸玉米饼，妻子对他发泄不满，他便用拳头打她，直到把她撵出家门。他必然也对她提到了，每隔两三年他都会和妻子见面商量复婚，但总是不了了之。（备注：他和妻子后来再也没有见过面，他注定要和塞拉菲娜幸福地生活在一起，直到三年后因为入狱分开——上尉进男监，塞拉菲娜进女监。）故事最后，上尉很可能抱怨了自己很寂寞，而塞拉菲娜对他表示了同情。

上尉叫服务员结账，付钱时留下一比索小费——他从来不多给，因此服务员都讨厌他。走到门廊处时，塞拉菲娜在擦鞋匠旁边停下，望着阅兵广场。顿时，她发觉在那个镇子开第三家妓院再合适不过。

舞厅的故事

1

欧拉利亚·巴拉德罗·德·平托女士说：

报纸上说我妹妹们的生意是从父亲那里继承的，他生前在瓜塔帕罗生活放荡，臭名昭著，最终死在政府军的枪下。纯粹是胡扯。我父亲生前是个诚实正直的人，经商，从没踏足过任何一家妓院。他也不住瓜塔帕罗，而是生活在圣马特奥埃格兰德，我们三个就出生在那儿。至今还有当地人心怀敬佩和尊重追忆他。他从没跟任何人起过争执，更别提政府军了。一九四七年，他因突发心绞痛死于圣马特奥，临走前完成了忏悔和圣餐仪式，却没料到我的两个妹妹会涉足他绝不会喜欢的行当。这么看来他死了实属万幸。

我的妹妹阿尔坎赫拉是无意间成为妓院老鸨的。她放高利贷，其中一个债主没有按时还钱，不得不用他的财产抵债，当中就有佩德隆内斯戈麦斯·法里亚斯街上的一家小酒馆。她花了好几个月的时间，想为酒馆找一位经理，但始终没有诚实可信的人选，无奈之下，只能自己着手经营。酒馆生意很好，过了两年，阿尔坎赫拉就开了佩德隆内斯著名的磨坊舞厅。

几年后，得益于她和梅斯卡拉州一名政客的交情，她弄到了圣佩德罗德拉斯科连特斯的营业许可证。就是那个时候，她过来找我，跟我说：

我要搬去圣佩德罗，你有兴趣帮我打理磨坊街上的一家小店吗？

当时我已经嫁给了特奥菲洛，衣食无忧，但我想了解一下是什么样的生意，看看自己能否在不影响家务的前提下接手经营。那时我才知道自己的妹妹在做什么。我简直不敢相信。

我宁肯死也不愿接手这样的生意。我告诉她。

阿尔坎赫拉对我的反应很不满，之后好几年没和我来往。被我拒绝后，她去找了塞拉菲娜——阿尔坎赫拉是家族经营理念的坚定维护者，即使这种模式有很多弊端。塞拉菲娜年轻，缺乏经验，又刚刚失恋，当时正在曙光纺织厂当女工。她答应了阿尔坎赫拉。从此塞拉菲娜坐镇磨坊舞厅，阿尔坎赫拉去圣佩德罗德拉斯科连特斯定居，开了日后城里最有名的歌舞厅——“美丽的墨西哥”。

多年以来，她们的事业蒸蒸日上，如有神助。我和丈夫做的是正经买卖，却破产三次，我那两个妹妹靠下流勾当反倒发家致富。

2

阿尔坎赫拉·巴拉德罗说：

经营妓院很简单，只要制定严格的规矩就行。

晚上八点，姑娘们离开房间，下楼到我面前接受检查——是否梳洗干净、打扮停当、妆饰整齐——然后在舞厅的桌边坐好。餐厅经理把收银机归零，插上点唱机，拉开卷帘门，客人便上门了。有的熟客直接走到自己喜欢的姑娘前，邀请她们坐到自己那桌；有的人要么漫无目的地闲逛，要么默默退到一边，先在吧台喝两杯再做决定。如果我发现他们一直在吧台喝酒，就会叫一个空闲的姑娘去邀请。他们中大多数人都会跟第一个相邀的姑娘入座。我的舞厅禁止姑娘在吧台饮酒。有时，个别先生愿意花时间等某个姑娘结束房间里的工作。只要付酒钱，随便他等多久。偶尔也会有几个人占着一张桌子，只聊天，不叫姑娘作陪。这种情况也一样：只要付钱，想做什么都行。但有一件事我绝不允许，就是把姑娘带进舞池一首接一首地跳舞，到第二天早上走的时候没花一分钱。通常学生有这种坏习惯。为了避免这类情形，我在点唱机上动了手脚，每首歌曲结束后都留了一段间隙，供大家休息或喝酒。一曲终了，所有人都要回到桌边。舞厅也禁止从吧台或大门直接进入舞池，禁止姑娘们跳舞收费，禁止入座后不消费。一轮结束后，服务员会把账单拿给客人，把筹码发给姑娘。客人离开前，必须礼貌地用现金支付账单。

舞厅的酒水生意是正当合法的。二十年间，从来没有客人在酒水问题上投诉过我们，姑娘们点的东西我们也不掺假。如果有人点朗姆酒，我们就现开一瓶朗姆酒，倒在杯子里端出去。

舞厅有两扇门。外大门临街，内大门通向起居区。客人们从外大门进来，结完账再从这里出去。要是客人想和坐在身边的姑娘云雨一番，可以让姑娘带他去房间。姑娘会回答，好的。她们不能拒绝。客人先结算酒钱，然后起身和姑娘从内大门离开。从内大门出来就是走廊和楼梯，楼梯口摆着看房人的办公桌，她会告诉客人需要付多少钱，因为每个姑娘的价格不一样。客人把钱交给看房人，看房人会给客人一条毛巾，同时给姑娘一块筹码，然后客人跟着姑娘上楼到她的房间，服务时间按付费金额计算。结束后两人再一起下楼——这一步很重要，看房人要确认客人有没有虐待姑娘。两人在走廊分开后，如果愿意，客人可以重新回到舞厅，也可以直接从后门离开；姑娘则回舞厅继续工作。卖座的姑娘一晚可以赚三四块，甚至十块筹码。

3

员工埃米尼娅 · N 的证词：

我出生在梅斯卡拉州的恩卡那西翁村，家里很穷，我在八兄妹中排行第三。十四岁时我找了一份看小孩的工作，每个月挣二十四比索。

一天下午，有位名叫索莱达的女士来到我家，和妈妈谈了谈，承诺帮我在佩德隆内斯找一份女仆的工作，包吃包住，每个月有两百比索工钱。妈妈让我当晚就跟索莱达女士走。车上还有两个姑娘，也准备去做女仆。到达佩德隆内斯后，我们在索莱达女士家过了夜，第二天她把我们带到塞拉菲娜女士的舞厅。一进屋我便觉得那个地方不太对劲，因为有好几个女人穿着衬裙在那儿走来走去。塞拉菲娜女士接受了我，但没要另外两个姑娘。后来我再没见过她们。塞拉菲娜女士把我带到一个房间，对我说：

以后这就是你的屋子。你可以把东西搬进来，安心住下。

说完她就离开了，把我一个人留在房里。我独自坐了好久，不敢出去。下午，塞拉菲娜女士打开我的房门，身边跟着一个留着八字胡的男人。我吓坏了。

这位先生名叫堂纳萨里奥，是舞厅的常客。塞拉菲娜女士说，他想见见你这个新人。

（接下来她详细描述了她的前几次经历，都非常糟糕。她说自己起初饱受煎熬，后来便习惯了，甚至喜欢上了这种生活。她赚了很多红色、蓝色的筹码，买了十四条新裙子，又抱怨自己赚的钱从来不够用，全拿来抵销食宿费、买裙子的钱和每个月塞拉菲娜寄给她母亲的两百比索了。供述人和她母亲从来没有通过信，一个不会写字，一个不识字。她还抱怨说自己的母亲根本没收到过那两百比索，而她得知此事时已是八年后，当时她在市场上意外碰到了母亲。她说自己不想见到家人，怕他们看到她变成这副样子会以她为耻。）

胡安娜·科尔内霍（又名卡拉韦拉）的证词：

我和巴拉德罗姐妹是偶然结识的。当时我在农场打工，一个儿子生病了，需要用钱。我去佩德隆内斯找工作，一户一户地敲门，最后来到阿尔坎赫拉女士家门口。她开了门对我说：

是的，我们招人，但不招女仆。你要是想来，只能做妓女。

我答应了。阿尔坎赫拉女士预支给我二十比索的医药费。这笔钱最终没派上用场，因为我的儿子没过几天就死了。之后我一直留在两姐妹身边。

（下面列出了她工作过的地点。她讲述了塞拉菲娜女士是如何任命她为看房人、给她下指令的，“不结账的人不能离开，要是有人捣乱，就叫蒂乔”。蒂乔是个服务员。她说，做看房人的十二年间，她与两位老板从未产生过不快。）

证词结尾这样写道：两位老板对我没有任何不满，我对她们也是。她们为我提供了我需要的一切，我认为她们是正直的人。要是警察把我们关起来，只能说我们走了霉运。

4

几年来，巴拉德罗姐妹一直想开第三家妓院。她们意识到，磨坊舞厅和“美丽的墨西哥”都在红灯区，位置不够隐蔽，谨慎的客人不敢随心所欲地来，害怕一大早在这个声名狼藉的地方撞见熟人。塞拉菲娜打算在康塞普西翁德鲁伊斯开第三家舞厅。那里地段好，距离佩德隆内斯二十公里，离圣佩德罗德拉斯科连特斯二十三公里；而且镇子很小，人少，几乎与世隔绝。

塞拉菲娜·巴拉德罗这样讲述了丹松[①]舞厅的由来：

我从康塞普西翁德鲁伊斯回来后不到八天，埃梅内希尔多，也就是贝多亚上尉便找上门来，说他刚刚发现了一个做生意的绝佳场所。房子宽二十二米，进深八十五米。业主是两个急需用钱的老人，她们打算卖了房子，为在佩德隆内斯圣言会修女精神病院的兄弟交住院费。房子开价三万三千比索。

我一眼就喜欢上了这栋房子，但我姐姐连看都没看就拒绝了，她觉得埃梅内希尔多推荐的都不好。

我介绍他给你是买枪，不是让他做你的情夫。她对

① 丹松 (danzón) 是源自古巴的音乐节奏类型和舞蹈，诞生于一八七九年左右，二十世纪开始在墨西哥流行。

我说。

我回答她：

我有权过自己的生活，不是吗？

事情是这样的：一天下午，埃梅内希尔多和我在那栋房子门口等我姐姐，想带她参观一下，我们以为她不会喜欢。“梯子”开车把她送到时，车轮下扬起一片尘土。还没下车，她就开始挑街道的毛病：路面坑坑洼洼，围墙是泥砖砌的。等房主开门的时候，她说，八十五这个数字不吉利，八和五加起来是十三。

然而，她刚把脚踏进门就改变了想法。她很喜欢院子里的那两棵树——一棵鳄梨树、一棵柠檬树，还有簕杜鹃；对房子的大小、围墙和售价也很满意。

她走到院子的一个角落，说道，我要在这里盖一个鸡舍。

在签订协议之前，巴拉德罗姐妹咨询了卡纳莱斯律师，问他申请一张新的营业执照是否有难度。这位在州政府担任要职的先生表示不难。当时卡瓦尼亚斯刚出任州长几个月，谁也不知道他后来会打击色情产业。

二月中旬，塞拉菲娜和阿尔坎赫拉决定买下那栋房子，各出资一半，房产公证书上写两个人的名字。值得注意的是，贝多亚上尉以巴拉德罗姐妹出手大方为由向卖方收取了佣金，同时以房价低廉为由向两姐妹收取了房产中介费。他还从她们给公证员的费用里抽了五百比索，从她们贿赂市里各位政要的钱款里抽了一千五百比索。

二月二十八日，巴拉德罗姐妹委托一名建筑师将房子改造成一家“绝无仅有的妓院”。这名建筑师来自蒂华纳，据说在那里修建过好几家妓院。他恰巧路过佩德隆内斯，没人知道他当时在躲避一场客户纠纷。巴拉德罗姐妹先付了他五百比索。

改造方案令两姐妹十分满意：十五个房间加十五个浴室；一个深海背景的舞池，抬头就能看见悬挂在天花板上的魔鬼鱼和鲨鱼；两个贵宾沙龙，一个是摩尔风，另一个是中国风；还有一个室内游泳池，不知道有什么用，因为几乎没有员工和客人会游泳。

两姐妹预付给建筑师的五百比索是她们为这个方案支付的所有费用，提交图纸当晚，建筑师发觉有人在跟踪他，于是跑路了。跟踪的人在特瓦坎追上他，趁他在一家餐馆小便时给了他十一枪。

巴拉德罗姐妹按照平面图纸改造了房子。她们亲自参与指导，请了一位可靠的装修师傅做评估，一个小伙给装潢提建议，后者曾在佩德隆内斯装饰过一家美发沙龙。同她们“宛如一家人”的贝多亚上尉则负责监工。施工现场离军营很近，他每天都过去检查，仿佛他是老板。

5

改造结束后，这里被命名为丹松舞厅。一九七六年再端详这幢楼，俨然一片失落文明的废墟，难以想象它建成还不到十五年。那个装潢小伙坚持用灰泥浅浮雕装饰门脸，经年累月，浮雕已经损毁严重。遮雨檐上还能看见字迹残缺的招牌：

□松□厅

一个老人打开门。他是这里的管理员，也是个退休警察。只要付二十比索，或者更少，他就同意放一个或一群游客进入凶案现场一探究竟。案件我们稍后再谈。游览过程中，管理员会一路陪同讲解。

这就是舞厅。里面只亮着一盏电灯。舞池中央有一个直径三米的洞，周围堆着很多泥土。桌子和椅子摞起来堆放在角落；两条魔鬼鱼石膏像掉在地板上，已经摔成碎片；一条鲨鱼还悬挂着，尾巴在天花板上，脑袋离地两米，龇着尖牙，在穿堂风的作用下左右摇晃。一个几乎占据整面墙的电水族箱已经断电，几近损坏。曾经像花环一样挂在墙上做装饰的硬纸板水草和水母须已经没了，那些会发光的蓝色玻璃球也不见了。一段介绍词这样描述："蓝色的玻璃球折射出介于绿色和紫色的灯光，像一个个巨型泡泡……"

不同寻常的是，水族箱对面那堵墙的上半部分建了一个看台，护栏已经不见了。

贵宾厅之一的巴格达厅还残留着恶劣天气侵蚀的痕迹。窗框已经拆除，天花板上有一个洞。管理员说，到了雨季，墙上会爬满苔藓，春天一来，燕子会在里面筑巢。这个铺着黄黑相间的地板的破败房间是丹松舞厅有名的"演出"会场，甚至有人特意从梅斯卡拉赶来观看"演出"。后来舞厅被查封，巴格达厅成了"砌死的房间"之一。

那个游泳池几乎从舞厅开张那天起就无人问津——水太凉了，没人敢进去。管理员一家用它存放废旧物品。

所有房间的门都面朝走廊，比起妓院，这里更像座修道院。由于舞厅在法律上该如何处理还未明确，房间里的家具原封未动。姑娘们生活在不足十平方米的空间内，通常和床寸步不离。除了床，每个房间还配备一个衣橱、一个带镜子的梳妆台和一张草编椅；旁边还有一个狭小、简易的浴室。

房间里摆着姑娘们各具特色的专属物：门上的耶稣像、彩绘玻璃花瓶、印第安人泥塑头像、马林切[1]被俘日的纪念挂历、一张朋友的照片、一个电熨斗，等等。

展示完房间，管理员就将游客带到院子里，让大家参观主要景点——地上的墓穴。大多数情况下，参观到这里就结束了，但如果小费充足，管理员会再带游客去看看阿尔坎赫拉的房间，额外展示墙上的一张照片。照片上是巴拉德罗姐妹的母亲，躺在棺材里，周围点着四根复活节大蜡烛。

结束参观、走出大门的人们不应忽视一个重要情况：独立街上只有两栋二层楼房，丹松舞厅和它毗邻的房子——奥罗拉·贝纳维德斯夫人的家。贝纳维德斯夫人因为这个巧合遭受了六年牢狱之灾。

---

① 一名美洲原住民纳瓦人女性，曾担任西班牙征服者埃尔南·科尔特斯的翻译、顾问和中间人，被墨西哥人视为耻辱。

两段插曲和一个挫折

1

一九六一年九月十五日晚，巴拉德罗姐妹宣布丹松舞厅开业。列席开业庆典的客人有下普兰州州长的私人秘书卡纳莱斯律师，梅斯卡拉州州长的私人秘书萨纳夫里亚律师，梅德拉诺议员，一位铁路工人领袖和两位农民领袖，梅斯卡拉银行圣佩德罗德拉斯科连特斯分行经理，几个商人和一个养牛逾百头的牧场主。典礼还邀请了三位市长，其中两位刚结束各自辖区里欢呼“墨西哥万岁”口号的仪式[①]，于凌晨两点抵达。彼时，巴拉德罗姐妹已经到达人脉关系的天花板，但她们没意识到这一点，以为自己还有很多上升空间。

庆典开始得比较晚。午夜十二点，看台的玻璃门被拉

① 九月十六日是墨西哥独立日，前一日会举行阅兵庆典，庆典结束之际民众齐呼“墨西哥万岁”是必不可少的传统仪式。

开，阿尔坎赫拉和卡纳莱斯律师一起出现，手里分别拿着铃铛和墨西哥国旗。阿尔坎赫拉摇铃吸引众人注意，楼下的人们随之鼓掌。掌声平息后，卡纳莱斯律师挥动墨西哥国旗，喊出口号：

墨西哥万岁！国家独立万岁！赋予我们自由的英雄万岁！巴拉德罗姐妹万岁！丹松舞厅万岁！

楼下的人们高声回应，支持卡纳莱斯律师。阿尔坎赫拉双手提起铃铛，连续摇了几下。

（这时发生了第一段插曲。梅德拉诺议员和一位农民领袖认为，把巴拉德罗姐妹和英雄相提并论是亵渎的行为，于是向卡瓦尼亚斯州长传达了此事。州长一改此前的友好态度，开除了卡纳莱斯律师。巴拉德罗姐妹因此失去了下普兰州政府中唯一的靠山。）

开业庆典上，巴拉德罗姐妹生平唯一一次穿上了及踝长裙——后来，塞拉菲娜还将自己当时的衣服描述得绚丽斑斓。她们在餐厅接待来宾，再将他们统一带入舞厅。舞厅的装饰令人过目难忘。待来宾的惊叹声平息后，姑娘们走进舞厅，一个个身着华服、装扮俏丽。紧接着，塞拉菲娜宣布，当晚所有消费免单。这句话引起了混乱：来宾们理解的是，包括姑娘在内的所有服务都免费；而姑娘们认为，既然没人付钱，她们就没有义务服务客人。

据证词记录，独立口号仪式结束后，阿尔坎赫拉将来宾带入巴格达厅，安排了第一场“演出”，有三位姑娘参与。有几位先生情不自禁要上台一起表演，被阿尔坎赫拉及时拦住。随后，来宾们回到舞厅，开始自由跳舞。这时发生了第二段插曲。

事情是这样的：之前没人察觉萨纳夫里亚律师有什么异样，而那晚，在一股神秘激情的驱使下，他邀请去舞厅传口信的“梯子”与他共舞。两个男人在现场来宾惊恐的注视下完整地跳了一首丹松舞曲——《涅瑞伊得斯》，其间没有其他人敢进入舞池。一曲终了，“梯子”道了谢就离开了。萨纳夫里亚律师又试着邀请了几位男士，都遭到了拒绝，这让他觉得颜面扫地。他对在场的所有人心生怨恨，尤其是巴拉德罗姐妹，认为是她们激发了他愚蠢的念头。这份怨念会在故事中起到重要作用，让我们拭目以待。

2

以下是对一个挫折的描述：

卡瓦尼亚斯州长是如何想到要取缔妓院，解决这个墨西哥独立一百四十年以来，在下普兰州从来没有人关心过的问题的呢?

这个未解之谜存在好几种解释，但仿佛是一根树干上长出的枝条，它们都指向同一个源头，即卡瓦尼亚斯是下普兰州历任州长中最具野心和毅力的一位。其他州级官员在权力斗争中早已疲惫不堪，而卡瓦尼亚斯不仅沉着地赢得了州长选举，还想更进一步，走得更远。他春风得意的架势，加上一百二十多年来都没有一位出身下普兰州的国家领导人，让他产生了自己“有机会当选总统”的想法。

他把下普兰州当成一个缩小版的“共和国”来管理，将“税收办公室”改名为“财政部”，“改善委员会”改名为“公共工程部”，等等。他还试图证明，既然他有能力治理一个州，如果“上面”给他机会，他就能治理国家。

除了给各个机构改名，卡瓦尼亚斯还兴建了几项庞大的工程——一座宫殿、一条公路和一条隧道，其巨额开支造成了财政赤字。为了弥补资金漏洞，卡瓦尼亚斯不得不上调税率。

为了安抚纳税人，卡瓦尼亚斯组织了一次商人赞助宣讲巡游，亲自到访各市，在舞厅与当地商人会面，让他们知道目前上缴给州政府的税款太少，调高税率刻不容缓。商人们表示州政府肮脏腐败，不值得他们交那么多税。抱怨声此起彼伏，有的抱怨污水管直径不够，有的抱怨供水不足，还有的抱怨妓院泛滥，“政府各部门放任不管”。

最终，卡瓦尼亚斯成功提高了税率。为了适当平息人们的怨气，他下令关闭所有妓院，解决了民众反映的问题中处理成本最低的一个。

一九六二年三月二日，卡瓦尼亚斯在州议会提出下普兰州《道德教化法》。法案禁止卖淫和拉皮条，限制一系列相关违法活动，甚至不准在妓院贩卖饮料。经过三十分钟的讨论，法案获得全员一致鼓掌通过。

这项意外出台的法律影响范围很广：近三万人的收入来源直接或间接与卖淫业有关；市政府百分之三十到四十的收入依靠妓院纳税；还有上百名公务员收取皮条客好处。这些人无一抗议。

（据了解，阿尔坎赫拉曾在伦东律师的陪同下来到佩拉尔塔法官的办公室，请求用五千比索换取他的法律保护。法官这样陈述他当时的回应：“我试图让巴拉德罗女士认识到，她向我要求的不是法律保护，而是法律裁决，能使她免受议会新颁法律的惩罚。我还告诉她，即使她寻求的是法律保护，不管她出多少钱，我都不能答应她，因为州长已经亲自强调法官不得干涉这项法律的执行——这一点他尤为重视。”）

3

《道德教化法》在下普兰州以前所未有的雷霆手段落地执行。截至三月底，妓院已被全部取缔。

塞拉菲娜·巴拉德罗和阿尔坎赫拉·巴拉德罗凭着直觉提前清理了磨坊舞厅的家具，但没动丹松舞厅。法院书记员去舞厅贴封条时，里面的床铺是收拾好的。姐妹俩说，她们预感到上帝会法外施恩，帮助她们心爱的“模范妓院”尽快恢复生意。

佩德隆内斯磨坊街上的几家妓院关门当日，场面甚是凄凉。一个街区就有三家妓院，六辆卡车停在那里，载满了家具和姑娘。姑娘们伤心地相互道别，因为巴拉德罗姐妹把她们中的十一人转让给了瓜塔帕罗的一个妓院老板。人行道上挤满了凑热闹的人，他们都没进过妓院，想趁机见识一下里面的风光。维持秩序的警察一个个垂头丧气，烦躁地来回走动——这让他们丢了灰色收入。阿瓦洛斯律师贴封条时对塞拉菲娜说：

你别怪我，堂娜[①]塞拉菲娜，这是我的职责。

四年间，塞拉菲娜每个月给他五百比索的好处。

等封条贴好、东西打点完毕，镇上的一个妇人走到塞

① 西班牙语中对女性的尊称。

拉菲娜面前，代表居民向她表示感谢，因为当地修人行道的钱是她出的。

4

那是个忧伤的傍晚。卡车将姑娘们、椅子、床、洗脸盆、床垫、衣服等运送到了圣佩德罗德拉斯科连特斯。两位老板坐的是汽车，心情低落。

最初几天的生活非常艰难，要把二十六个姑娘安置在原本只住十四个人的地方，只能把房间分成更狭小的空间。阿尔坎赫拉觉得装修师傅狮子大开口，连续好几周都愁眉不展，觉得自己此后会穷困潦倒。她甚至找到在梅斯卡拉州经营妓院的欧亨尼娅女士，准备转让八个姑娘给她，但见客人开始上门，她便取消了交易。一部分客人是来自下普兰州的老顾客，他们绕开州限制令来寻消遣；另一部分是下普兰州的新顾客，之前从没去过妓院，看到妓院被取缔后跃跃欲试。由于不少地方禁止妓院营业，外地人纷纷涌入圣佩德罗德拉斯科连特斯寻欢作乐。此举也刺激了当地人，他们开始频繁光顾舞厅。“男人就像苍蝇，”塞拉菲娜说，“哪里人多就往哪里扎。”

“美丽的墨西哥”夜夜人潮涌动，一到周六，姑娘们根本忙不过来。塞拉菲娜决定自费买一台新点唱机。见巴拉德罗姐妹在圣佩德罗德拉斯科连特斯过得风生水起，贝多亚上尉便着手申请调到那附近的分遣部队。他与塞拉菲娜分居两地（上尉在康塞普西翁德鲁伊斯，塞拉菲娜在圣佩德罗），每天要坐红箭头路公交车往返，这尤其使他心烦意乱。他甚至开始相信，有一天他会因交通意外死在狗坡上。阿尔坎赫拉说，当时的生意空前火爆，上帝关上一扇门的同时，也为她们打开了一扇窗。这样的情形维持到十二月——温贝托事件发生。

一条人命

1

那个男人下山时低头耸肩，手臂僵直，拳头紧握着，大腿时而僵硬时而发软，步伐轻飘，因为踩不稳台阶走得跌跌撞撞。（目击者说，当时以为他喝醉了。）

那是晚上九点。从教堂下山的路是一条石子步道，陡峭的地方修了台阶，步道两侧都是两层高的楼房，刷着彩色油漆的高墙，紧闭的大门，每隔一百米有一盏路灯。山脚下城市的灯光闪耀，康塞普西翁广场上不断升起烟火，将天空点燃。烟火声、点唱机的音乐声、游行乐队和流浪乐队[①]的奏乐声、人声、欢乐的民谣、狗叫声混合在一起。那天是十二月八日[②]。

---

① mariachi，墨西哥传统乐队组合形式，一般包括一把墨西哥大吉他、一把比维拉琴、一把吉他、一把小提琴和一把小号。

② 天主教节日，庆祝圣母玛利亚获得无原罪的恩赐。

那个男人无暇顾及这些，他浑浊的眼睛盯着地面，一心只想到达终点。路边的狗朝他吠叫，凑过去闻他身上流下的血。在他身后五十米处，有两个警察在跟踪：他停下来靠在一棵栲树上休息，警察也停下来；他继续艰难地往前走，警察就跟上去。

到了山脚处，那个男人面临最严峻的考验。他在街角停下，目光依旧贴着地面，仿佛在辨认地上的石头。他右转进入阿连德街，脚步越发缓慢。行人看见他踉踉跄跄地走过，撞到墙后留下一块污迹。那块污迹直到第二天才被人认出来。

这是那个死人留下的血迹。妇人们会这样说，并用手指着那片发黑的污迹。

那个男人一步一个踉跄，找不到方向，斜着穿过马路，撞倒了一个炸货摊。桌子、小火炉、炭火、平底锅、塔可轰的一声被撞得七零八落，四散在石子路上。男人继续往前走，动作越来越吃力，速度却越来越快，人们纷纷给他让路。炸货摊的女老板追上他，准备跟他理论一番，但男人苍白的脸色吓得她说不出话，只得垂头丧气地回去捡塔可。

来到“美丽的墨西哥”的灯牌下，那个男人使出吃奶的力气爬上门口的台阶，打开门，走进烟雾缭绕的舞厅，推开两个常客，整个身体靠上一张桌子，碰翻了一只酒杯，然后倒在了地上。桌边的客人看着他，但都没认出他。

一个女人的喊声打断了所有人的谈话，人们凑到一起。自动点唱机开始播放一首曼波舞曲。一个理智尚存的人拔掉了它的电源，现场瞬间安静下来。正在收银台工作的塞拉菲娜穿过舞池中好奇的人群，走到人们视线的焦点，发现躺在地上的是她外甥的尸体。

2

阿尔坎赫拉的儿子温贝托·帕雷德斯·巴拉德罗的一生存在诸多疑点，正如他的死亡。

他于一九三九年出生在磨坊舞厅，母亲是阿尔坎赫拉，父亲只知道姓帕雷德斯，除此以外没有更多信息。(被询问到儿子的生父时，阿尔坎赫拉装作没听见。)

塞拉菲娜说，在阿尔坎赫拉生产前几个月，她在市场上遇到过姐姐，发现对方怀孕了。塞拉菲娜没敢议论什么，怕显得“无礼”。直到收到洗礼仪式的邀请，塞拉菲娜才知道孩子出生了。她确信孩子的母亲从来没有提过孩子的生父。

孩子在妓院长大，但阿尔坎赫拉决心把他培养成一个体面的人。卡拉韦拉说，阿尔坎赫拉禁止儿子进入舞厅内大门，不许他上楼、进姑娘们的房间或者朝院子里看。她还不准姑娘们向她儿子解释客人来舞厅的目的。这种双向禁令收效显著，温贝托·帕雷德斯去何塞法·奥尔蒂斯·德多明格斯学校上学时，对家里的情况一无所知。上学第一天，同学们都认出了他，告诉了他很多事。回到家，温贝托问卡拉韦拉，“你是妓女吗？”卡拉韦拉回答，是。温贝托又问，他的母亲是不是妓女。卡拉韦拉说，不是，她是老鸨。

开学第三天，校长听到院子里传来有节奏的叫喊声，便出去查看。她看见三十个孩子正模仿“红皮印第安人”，围成几个同心圆蹦蹦跳跳，嘴里喊着“巴老鸨的儿子”。温贝托站在圈子中间哭。

校长把三十比索学费装进信封，差人把信封和温贝托一起送回家，并给阿尔坎赫拉捎去一张纸条，求她把孩子转去别的学校。

读完纸条，阿尔坎赫拉明白，是时候与儿子分开了。为了让儿子远离是非，她当天就给儿子在其他城市的学校报了名，那里没人认识她，也不会怀疑她的职业。

从此以后，阿尔坎赫拉每周都给儿子写很长的信，横格纸上爬满了绿色的字，都是对儿子的叮嘱，比如在耳朵后面涂抹动物油脂可以祛风寒，睡觉时脚朝南可以躲避邪眼[1]，等等。这些信当中，只有一些因被儿子收错地方而意外留存了下来。儿子的回信都很简短，内容总是要钱，但都没起作用——不知道阿尔坎赫拉从哪儿得出了金钱会使青少年堕落的结论。不过，信件都被阿尔坎赫拉保存在一个奥利纳拉香木漆盒中，至今完好无损。

温贝托换了好几所寄宿学校。第一次是因为，穆埃达戈市伊格纳西奥·阿连德学校的校长发现他夫人的浴室墙上出现了两个洞。几名学生在被质问时交代，那两个洞是温贝托凿的，洞的另一边是一条少有人经过的走廊。温贝托以此向同学收取费用：看校长夫人洗澡五十分钱，上厕所二十分钱。当时他十二岁。

一年后，库埃瓦诺市胡安·埃斯库蒂亚学校的几名学生向校领导举报，温贝托勒索他们。他每周向每人收一比索保护费，要是有人不给，他就叫"大猩猩"古铁雷斯·卡拉斯科教训他。

之后他进了库埃瓦诺市的医学院，但还没读完一年级，学业就戛然而止。他捅伤了一个同学，原因不明。捅

① 一种迷信中的存在，由他人的妒忌或厌恶而生，会给人带来噩运或伤病。

人事件发生在一间大教室，警察赶到时，现场一片混乱。阿尔坎赫拉不得不参与调解。她支付了伤者的医疗费，赔偿了其家人一笔巨款，让他们撤销指控——所幸那家人生活不宽裕，而且讲道理。她还花钱买通了目击证人和法官，忙前忙后，直到儿子被释放。伦东律师劝说她最好把温贝托送去美国避避风头。

温贝托·帕雷德斯在洛杉矶住了一年。他妈妈希望他能学习英语，借助语言优势在商贸界立足。她只想错了一半：温贝托回到圣佩德罗时一句英语也不会说，但是带回了罂粟种子——这种作物成为他人生最后几年的经济来源。

温贝托·帕雷德斯继续住在“美丽的墨西哥”。但也许是依照雇主的指示，他在布里多内斯街租了一栋房子，表面上用于买卖种子，实际上在那里储存和交易毒品。值得注意的是，温贝托死后，警察没有在那里发现任何涉事物品，也没有找到他的线人。

3

温贝托·帕雷德斯留下了三张照片，上面的他有一张宽大扁平的脸，继承了母亲结实的下巴，留着印第安式的直发，露出独裁者标志性的轻蔑微笑：仿佛是黑社会版的贝尼托·华雷斯[①]。

第一张照片里，他坐在一辆敞篷别克的驾驶座上，背景中有一棵金合欢树。据目击者描述，车是血红色的，是他赚钱后购置的第一件物品，也是他一生仅有的奢侈品。第二张照片里，他穿着条纹毛衣，侧身站着，右手握着一把点三八口径的自动手枪——他死的时候身上就揣着这把枪。尽管阿尔坎赫拉声称她从没见过儿子使用武器，但这张照片的背景无疑是“美丽的墨西哥”的围墙。第三张照片里，温贝托穿着泳裤，头发湿着。他朝镜头微笑，一只手搂着镇上最美的姑娘的腰。姑娘头上缠着假发卷，身上的泳装华丽夺目。

4

她说，她早就见过坐在红色跑车里的温贝托，对他没什么好感，觉得“他只是想哗众取宠”。温贝托当时穿着

① 墨西哥第一位印第安人出身的总统，推翻了独裁政权，是拉丁美洲的解放者之一。

一件红色衬衫，戴着一副绿色眼镜，把油门轰得山响，还不停地按喇叭。有一天她过马路时，温贝托开车出现，一个急转弯差点撞到她。见她受到惊吓，他停下车，非但没有道歉，反而开门请她上车。她觉得自己受到了冒犯，便直接走开。他开车缓缓跟在她身后，没说一句类似情况下男人会对女人说的话——这令她感到奇怪。他只开车跟到通往教堂的坡道下，因为那条路只能步行。见她开始上坡，他便丢下车，远远跟在她身后，没有试图追上她，“既没有出言不逊，也没有上前挑逗”。她走到家门口，进去关上门，上楼回到房间，从窗口探出头看他。他站在门前，犹豫了一会儿便朝山下走去。接下来的几天，她跟好几个朋友说到了温贝托，而朋友们把关于他的传闻告诉了她：他是巴老鸨的儿子，捅过人，坐过牢，出事后不得不去美国避风头，回来后贩卖毒品。除此之外，还有一些虚构出来的罪行。

德梅特里奥·吉略马尔警官带着明确的指令抵达佩德隆内斯，任务是找到罂粟种植工和加工商的中间人，为开庭审理收集证据。警方怀疑这位中间人可能受到当地政府包庇，因此，吉略马尔不能与政府联系，也不得透露他此行的目的。他以人寿保险推销员的身份在“法国酒店”登记入住，在当地待了几个礼拜，但一无所获。后来，他偶然发现了一些蛛丝马迹——不过我们无从得知那是什么样的疑点，又是如何被发现的。贝多亚之前找到了种植地，并焚毁了作物。吉略马尔有可能是循着这条线索注意到温贝托·帕雷德斯，把他写进了报告。温贝托的名字于十一月十五日第一次出现在法院档案里。

她说她很痛苦。她不知道是该相信流言——温贝托是一个坏人，还是应该相信自己内心的声音——一个如此温柔的人不可能是坏人。她至今还珍藏着他送的那个产自库埃瓦诺的陶瓷壶，上面刻着“真挚的爱”。她没有接受过上车的邀请，也没答应和他一起去穆埃达戈吃冰激凌。第一，车是敞篷的，别人会看见她；第二，她认为孤男寡女在车上独处是失节行为，而婚前贞操不能受损。这些限制让他们别无办法，只能沿着河边小路散步谈心。那里人迹罕至，周围树木掩映。散步时，温贝托给她讲了自己的故事，皆与传闻不符，孔奇塔不知道他说的是真是假。她跟他聊未来，聊她的结婚计划、以后要生几个孩子、孩子的名字和教育等，她不知道这些话一直在刺激他。直到有一天，温贝托用力拽着她的胳膊，把她带到山上，将她推倒在地，扯下了她的内裤。事后，温贝托一时惊恐不安，孔奇塔便趁机逃走了。他没有追上去。第二天，温贝托在她的必经之路上等着向她道歉——孔奇塔在一个修女院教书。她说自己再也不想见到他。

吉略马尔警官去了几趟圣佩德罗德拉斯科连特斯，和温贝托·帕雷德斯也交谈过几次。他可能还去了布里多内斯街上的那个出租屋。没人知道他们的谈话内容。吉略马尔可能假意向他出售一块种植田，或者装作要购买毒品；他也可能没找借口，而是直截了当地亮出了身份。十二月一日，温贝托从银行取出一万比索，很有可能是用来收买吉略马尔警官的。之后的几天，温贝托似乎有最后一次机会逃跑，但他错失了。

孔奇塔说，耐不住温贝托的百般纠缠，她接受了去峡谷浴场的提议，前提是坐公交车去。但看到公交车上人满为患，她改变了主意，还是选择坐他的车。温贝托对她十分体贴，没有侵犯她。一位专业摄影师为他们拍摄了那张保存下来的合影。那天他们过得很开心。回到圣佩德罗德拉斯科连特斯后，温贝托为孔奇塔打开车门，请她下车，这时她的两个哥哥恰巧路过。孔奇塔说，有一瞬间，她害怕哥哥们会为难温贝托，因为他们禁止她与男人来往。但他们径直走过人行道，头也没回，好像什么也没看见似的。孔奇塔以为已经没事了。然而，当她回到家时，哥哥们正满面怒容地等着她。他们狠狠地训斥了她，禁止她再见“巴老鸨的儿子”。

要是这个男人再接近你，他就死定了。其中一个说。

孔奇塔看见哥哥们从抽屉里拿出两把手枪，给它们上油。

十二月七日，帕切科警官来到佩德隆内斯，与吉略马尔警官会面，向他传达了中央办公室下达的逮捕令。

孔奇塔说，十二月八日，即她的命名日[①]上午，一个陌生男人——据描述可推断是蒂乔——敲响了她的家门，拿着温贝托送给她的礼物包裹。孔奇塔拒绝接受。她已经决定不再见温贝托，她的哥哥们不允许。

晚上七点，温贝托和几个流浪乐手一起离开加莱昂酒馆时，吉略马尔和帕切科警官已经做好了抓捕的准备。但他们担心乐手是温贝托的同伙，会联合起来抵抗，最终没

① 在基督教文化中，命名日指和自己同名的圣徒的纪念日。命名日当天，人们通常会收到来自亲友的礼物。

有行动。警官们决定再等一等，便只是远远地跟着那个小团伙走上了通向教堂的坡道。

她说，听到乐手们演奏《忘恩负义的女人》时，她感到心烦意乱。她知道那首歌是温贝托叫人唱给她的。她本想让温贝托走开，告诉他哥哥们在家，手里还有枪，但她要应付几个上门看热闹的人，没法脱身。她说，乐队又演奏了好几首歌，包括《背信弃义的女人》，客人们语带嘲讽地问她：

那首小夜曲是唱给谁听的啊，孔奇塔？

她说，她看见哥哥们走出客厅，来到院子里。演奏一结束，她就把头探出窗外，只看见乐队正在下山，不见温贝托。随后，她听到有人敲门。她实在忍不住，决定下去看看发生了什么。下楼的时候，她听到了几声枪响。（萨莫拉兄弟似乎是以花盆为掩护，用一根绳子拉开大门，朝站在门槛边的温贝托开了枪。）

吉略马尔和帕切科警官远远跟着他们的抓捕对象下了山，穿过阿连德街。温贝托走进“美丽的墨西哥”时，他们向埋伏在街角的塞戈维亚诺警员发出了信号。

悲惨之夜

1

一个姑娘离开舞厅去通知阿尔坎赫拉。随后，现场仿佛凝固成了静止画面，鸦雀无声。除了那些想换位看得更清楚的人，其他人都惊愕地盯着尸体，一动不动。

突然传来一声哨响：塞戈维亚诺警员在墙角发出了信号。在那个瞬间，僵局被打破，客人们意识到警察来了，不再着迷又恭敬地围观尸体，立刻变得惊慌失措，朝大门蜂拥而去——没人想成为妓院命案的目击者。人们挤作一团，推倒屏风，扯掉门板，跑出妓院四散而逃。警觉性最高的几个人头也不回地跑到了阅兵广场。骚乱结束后，塞戈维亚诺警员进入妓院，现场只剩下那具尸体、姑娘和服务员。他又吹了一声口哨，说道：

都不准动。把门关上。

接下来的故事悲伤和乏味参半：法医和检察院人员抵

达现场前，原本在房间里记账的被害人母亲走进舞厅，想查看发生了什么。有人告诉她出了一件可怕的事，但没敢告诉她具体内容。当她看见自己的儿子了无生气地躺在地板上时，喉咙里发出了一种无人听过的断断续续的奇特叫声，好像一首绝唱。她没有像众人预想的那样走到尸体旁，把他抱在怀里，泪眼婆娑地看着他；而是后退几步，坐在椅子边缘，双手扶着膝盖，闭上眼睛，发出了惨叫。

检察院的人问了几个起草报告必不可少的问题。“枪声响起时您在哪儿？”“我没有听到枪声”；“那您是如何发现事情不对的？”“我看到地上有一具尸体”，等等。

法医很晚才到。他患了感冒，戴着一顶宽檐帽，围着围巾。他将手提箱放在地上，摸了摸尸体的脉搏，然后打电话叫救护车。放下电话，他就提着箱子回家了。

姑娘们点上蜡烛，放在温贝托周围，用一条蓝色丝巾盖住了他正面朝上的脸。赶到现场的医护人员将尸体放上担架抬出舞厅，打翻了两盏蜡烛。尽管当时已是晚上十一点半，街上依然聚集着很多人。检察院的人还在提问：“您留意到了什么？”

2

温贝托·帕雷德斯缺席了自己的守灵仪式，当时尸体正躺在人民医院的铁板床上等待尸检。身着黑衣的姑娘们哭哭啼啼，聚集在餐厅里。餐桌被移到角落，卡拉韦拉——她年轻时是个虔诚的教徒——带领姑娘们点亮了蜡烛，双膝跪地，拿着念珠祈祷。阿尔坎赫拉没有参加守灵仪式。多亏了卡拉韦拉为她准备的生菜叶汤药，她一个人在黑暗的房间里安静地昏睡了一晚。贝多亚上尉接到塞拉菲娜的电话后，搭最后一班红箭头路公交车赶到了圣佩德罗德拉斯科连特斯。他在众人念《主祷文》的时候走进餐厅，摘下帽子，单膝跪地，在胸前画了个十字。作为一名无神论者，他很少这样做。片刻后，他发现死者不在屋子里，便找了把椅子坐下。

第二天上午十点，塞拉菲娜在贝多亚上尉和伦东律师的陪同下，向市政府申请从人民医院取走外甥的尸体。她和市长是朋友，市长向她透露，上面已经下达关停“美丽的墨西哥”的命令。起初，塞拉菲娜很惊慌，但贝多亚上尉和伦东律师合力安抚了她，他们认为市长的话不可信：那样做相当于违反宪法。

下午四点，当殡仪馆的工作人员把棺材抬出舞厅时，法院书记员上门通知阿尔坎赫拉，将永久撤销“美丽的墨西哥”的经营许可，因为该场所违反了《梅斯卡拉州卫生健康条例》：男厕所窗户的宽度只有八十厘米，没达到规定的一米二。法院限业主二十四小时内清空房屋。

阿尔坎赫拉在文件页脚签名表示知情同意时，并不知道自己在干什么，丧子之痛让她意识混乱。伦东律师从塞拉菲娜口中得知执照被吊销一事，承诺会为她们寻求法律保护。出殡途中，灵车出了故障。在公墓任职的格拉哈莱斯神父拒绝按惯例念诵祷词，他认为死者生前有罪，死前也没有真诚悔过。当掘墓人往墓里送进第一铲土时，阿尔坎赫拉昏了过去。

3

下午六点，两姐妹结束葬礼从公墓回到家，伦东律师通知她们，镇上没有一位法官愿意为她们提供法律保护。一走进“美丽的墨西哥”她们就注意到，托雷斯法官已经在舞厅里设了一个临时办公室，和他一起的还有一个公证员和两个打字员。法官请巴拉德罗姐妹离开，把姑娘们带到舞厅，让她们坐在角落里事先准备好的椅子上，依次走到舞厅的另一端——他和公证员、打字员办公的地方。法官低声提问，要求姑娘们也低声回答，避免影响其他人或让她们有时间准备答案。回答完毕的姑娘直接离开舞厅。

法官问每个姑娘的问题是：做妓女多久了；在巴拉德罗姐妹手下工作多久了；是否遭受过虐待；是自愿卖淫还是受他人强迫。

接受问话的二十六位姑娘都回答：没有遭受过虐待；是自愿卖淫。问话时，她们受到了保护，能够安全地说出实情。事情的有趣之处在于，十四个月以后，其中几个姑娘完全推翻了之前的供述。

这次问答的原始笔录保存在圣佩德罗德拉斯科连特斯的法院档案中。

（温贝托 · 帕雷德斯 · 巴拉德罗死亡案存在三个疑点：检察院的报告显示，当事人死于“美丽的墨西哥”发生的一次枪击事件，但现场无人听到枪声；萨莫拉兄弟没有受到审讯；吉略马尔和帕切科两位警官承认，抓捕当天他们跟踪抓捕对象下了山，但没提到他生命垂危。没有文件表明，当局在“美丽的墨西哥”或布里多内斯街上的出租屋内发现了温贝托 · 帕雷德斯 · 巴拉德罗贩毒的证据。）

4

那天晚上，塞拉菲娜和贝多亚上尉在餐厅讨论第二天搬出舞厅后该怎么办。阿尔坎赫拉似乎没有参与这次谈话。

贝多亚上尉肯定地说，鉴于当时两姐妹的所有舞厅都被查封了，他建议塞拉菲娜辞退所有员工，从事别的工作。

他还说，塞拉菲娜拒绝了他的提议，原因有两个：第一，法官肯定会要求她给每个员工支付解雇赔偿金；第二，伦东律师认为查封“美丽的墨西哥”是不合法的，还有翻盘的希望。他会提出上诉，要求撤销查封令，还向塞拉菲娜承诺，不出两个月，至多三个月，她们姐妹俩就能重获经营权。

打消辞退员工的主意后，塞拉菲娜和上尉继续商量，在“美丽的墨西哥”歇业期间把姑娘们安置到哪里。他们研究了几种可能性：带着二十六个姑娘住旅馆，但因花费太昂贵，选项被排除；把姑娘们分散到当地其他妓院的提议也被塞拉菲娜否决，她认为那些假热心的皮条客之后会拒绝归还姑娘。最后采取的方案虽然违法，但十分便利：他们决定搬到另外一个被查封的舞厅——丹松舞厅。那里设施齐全，有十五个房间，住上两三个月也不会被察觉。她们不用破坏门上的封条，可以从邻居奥罗拉·贝纳维德斯夫人家的屋顶上跳过去。贝纳维德斯夫人心肠软，不会拒绝巴拉德罗姐妹的请求。

5

奥罗拉·包蒂斯塔说，塞拉菲娜把她们召集到走廊里，对她们说：

我们今晚动身。除了身上穿戴的东西，其他物品都留在房间里，两个月后我们就回来。

她们再三询问，塞拉菲娜始终没有透露要把她们带去哪里。

贝多亚上尉说，让他戴着部队的制服帽坐在车窗边是“梯子”的主意。大清早公路上连续驶过五辆车，里面还坐满女人，万一有交警觉得古怪，拦住他们，上尉的三杠军衔能让他们敬而远之。

奥罗拉·包蒂斯塔说，她当时坐在“梯子”旁边，车停在“美丽的墨西哥”门外。后来上尉走出舞厅，拉开车门，坐在了她的身上。

贝多亚上尉说，旅途虽然令人不安，但没有节外生枝。然而，到达康塞普西翁德鲁伊斯的独立街后，他们按了将近一个小时门铃，八十三号的贝纳维德斯夫人才醒来给他们开门。

奥罗拉·包蒂斯塔说，她看见塞拉菲娜从包里掏出一沓钱交给贝多亚上尉，上尉把钱分给了各位司机，嘱咐他们：

请诸位忘记今晚发生的事情，如果想起来了，请也想起这个。他把手放到了挂在皮带上的手枪上。

贝多亚上尉说，他牵着阿尔坎赫拉的手从一个屋顶跳到另一个屋顶的瞬间，堪称他人生中最危险的时刻之一。阿尔坎赫拉拒绝一个人跳，这让他们两个差点一起摔下去。

奥罗拉·包蒂斯塔说，她们到达丹松舞厅的时候，供电已经被切断，她们没有蜡烛，也没带任何食物。她们睡在黑暗中，每两个人共用一个房间。第二天早上，蒂乔跳下屋顶，去了一趟市场。下午两点她们才吃上第一顿饭。

6

一九六二年十二月十日，奥罗拉·贝纳维德斯夫人和塞拉菲娜·巴拉德罗达成口头协议，同意欧斯蒂基奥·纳特拉（蒂乔）在她家门厅和巴拉德罗姐妹家餐厅的共用墙上凿一个洞，以便住在独立街八十五号的人通过八十三号的门进出，免去在屋顶上跳来跳去的麻烦。为了回馈这份帮助，塞拉菲娜承诺每月月初付给贝纳维德斯夫人两百比索。

当天她们还达成了另一项协议，贝纳维德斯夫人同意蒂乔从她家接一根电线，把电通到隔壁，每个月二十比索。

协议生效后的十三个月里，双方都遵守着这两项协议，直到特奥杜洛·奎托警长在院子里发现了被掩埋的尸体。

隐秘的生活

1

康塞普西翁德鲁伊斯的重要建筑物都坐落于阅兵广场周围：镇政府、法院、警察局和戈麦斯旅馆。广场上种植的三十八棵月桂树被许多人认为是镇上最美的风景——大家一致认为教堂没有任何价值。园丁仿照下普兰州首府库埃瓦诺市宪法花园里树木的造型，每年对月桂树进行五次修剪，让它们保持完美的圆柱形。

康塞普西翁德鲁伊斯是个小镇，只有四十二个街区，镇子半径不超过四个街区，再往外走就是垃圾堆了。从当地电话簿来看，这里住了二十八户人家，其中十一户姓戈麦斯。

站在街道上朝向东或南，能依次看见泥砖砌的墙、土铺的路、地平线上的苜蓿；朝西或朝北，越过平坦的屋顶，则能看见古埃梅斯山脉的淡蓝色剪影。走在路上会发现，所有房屋的门都是一个样式，由牧豆木制成，铁艺花窗却是各式各样的。这些窗子由当地一位土生土长的铁匠打制，他从不重复相同的设计，并以此为傲。

除了铁艺花窗和月桂树，这个镇子就没什么特别之处了，连糖渍果脯都不生产，全靠从穆兰加托进口。

镇上有四栋双层建筑：镇政府、戈麦斯旅馆、丹松舞厅和贝纳维德斯夫人的房子。前两栋建筑兴建于同一时期，于一九一〇年的墨西哥独立战争百年庆典上宣布投入使用。之后的五十年里，镇上的人家都没有盖两层楼的需求，直到巴拉德罗姐妹来这里建起了丹松舞厅。舞厅的工程进行到一半时，贝纳维德斯夫人决定把自己的房子抬高一层。这么做不是因为她需要更多房间——她只是一个独居寡妇，而是因为她无法容忍同一个街区有别的房子比她的高。

独立街是自河岸数过去的第二条街。丹松舞厅临近的街角有一个熟玉米面磨坊和一家肉店，马路对面有一家杂货铺。这三家店铺的老板知道姑娘们回到了被查封的舞厅。他们都没有向警察举报。

2

一九六二年十二月十日至一九六四年一月中旬，邻居们注意到丹松舞厅内有人活动的迹象：

一个住在隔壁的女人说，她经常听见院子里有说话和洗衣服的声音，有一次还听见几个姑娘唱《鸽子咕咕》。

一个小伙子说，一天下午他准备翻墙到院子里摘牛油果——他以为里面没人，爬上墙却看到两个猫着腰的女人比他先到了树下。

一个电力公司的职员说，每次夜里经过独立街，他都很奇怪餐厅窗户——舞厅唯一朝向马路的窗户——为什么透着灯光。政府查封当天，正是他负责切断了舞厅的供电。

街角熟玉米面磨坊的老板说，那个叫卡拉韦拉的女人每天都会去他店里，让他磨六公斤——有时七公斤——熟玉米面。

一位住在街对面的女士说，她上午打扫人行道的时候，偶尔会看见三个姑娘提着篮子离开贝纳维德斯夫人家，往市场的方向走。她跟贝纳维德斯夫人很熟，知道那三人中没有一个是她。

这位女士还说，贝纳维德斯夫人是圣烛会教徒，这样正派的女人竟频繁会见一名军人，她感到很惊讶。

商人佩德罗·塔拉维拉说，有一次他在巴拉哈斯兄弟的杂货铺遇到了一个叫“蒂乔”的人，知道这人之前在丹松舞厅做过一段时间服务员。他问蒂乔，“您现在做什么营生，老兄？”蒂乔回答，“我养了几只鸡”。说完便扛起一个八十公斤的麻袋走开了。快到杂货铺门口的时候，麻袋中掉出几颗菜豆——那可不是给鸡吃的东西。

一个旅游中介说，他在公交车站遇到过之前在“美丽的墨西哥”认识的三个姑娘，知道她们是妓女。他问她们目前在哪里工作，想再去光顾生意。她们说自己已经改行做了女工，却又说不出工厂的名字。他觉得很奇怪。

（根据后面的更多证词可以推断，直到一九六三年九月，巴拉德罗姐妹的员工们还不时三两结伴出行。没人提到点唱机的声音，也不清楚那段时间是否有人以客人身份去丹松舞厅消费。）

3

卡拉韦拉说：

我们刚回到康塞普西翁德鲁伊斯的那几天，阿尔坎赫拉女士一直闷闷不乐，整天躺在床上，盯着天花板，房间里昏暗无光。她既没睡着，也不清醒，不和任何人说话，也不吃饭，只喝我给她泡的茶。塞拉菲娜女士担起了一切。我拿着她给的钱去市场买东西，给她记账。

就这样大约过了两周。一天早上我下楼去厨房生火，听到一声响动。阿尔坎赫拉女士早就在那里了，正在炉灶边烤辣椒。她看着我，对我说：

我饿了。

她完全变了个人。她询问大家的开销情况，还要检查账单。

简直是在糟蹋钱。她说。

她只对省钱感兴趣，觉得我不应该花钱买仙人掌。

山上有那么多免费的仙人掌，你为什么要从市场上买呢？你带上三个没事做的姑娘，让她们去砍仙人掌，把桶装满再抬回来。

她对不工作的姑娘们心怀不满。

有一次，她这样向我描述几个洗衣服的姑娘：你看看她们，像刚破壳的小鸟，只会张着嘴等别人喂食。

每天晚上，她都在账簿上记录每个姑娘吃了什么。

（阿尔坎赫拉的账簿是普通的硬壳线圈本，在任何一家文具店都能买到。记录日期从一九六二年六月到一九六三年九月。阿尔坎赫拉用的是绿色墨水，字迹很潦草，但容易辨认。前几页记录的是员工每周收支明细：第一列是姓名；后面两列是“资产”——每个姑娘在舞厅和房间服务客人的收入；接下去四列是“欠款”，也就是需要扣除的住宿、餐饮、服装开销以及老板的抽成；最后一列标注的是每周结余，如果出现负数，按照月利率百分之三算利息。姑娘们在丹松舞厅的封闭式生活期间，由于没有任何收入，累积了巨额欠款，总金额超过五十万比索。阿尔坎赫拉一直严格记录着员工的欠债情况，到了九月中旬，她对收回欠款失去了信心。）

到了二月，阿尔坎赫拉说她无法继续供养那么多游手好闲的人，决定把十一个姑娘卖给堂西雷尼奥·潘托哈。这位先生在哈洛斯特经营妓院，很久以前就跟阿尔坎赫拉商量好，愿意接手她不想要的姑娘。要我说，阿尔坎赫拉卖给他的都是最差劲的姑娘，要么最会惹是生非，要么长得最丑。她们离开以后，我们过得开心多了。据说堂西雷尼奥付给阿尔坎赫拉一万一千比索。

4

作为巴拉德罗姐妹的代理人，伦东律师采取了如下几项法律行动：连续三次起诉公职人员，试图证明查封“美丽的墨西哥”有违宪法和公正原则，而且没有先例。这三次起诉均以失败告终，法官判定，这样的诉讼也是“没有先例”的。之后，伦东律师要求法院确定“美丽的墨西哥”恢复经营需要缴纳的罚款数额。但法院迟迟不给答复，等结果出来时，恐怕这个故事已经讲完了。见事情迟迟没有进展，伦东律师便着手为巴拉德罗姐妹重新申请营业执照。但由于申请人没有缴纳“美丽的墨西哥”的罚款，申请遭到了拒绝。也就是说，她们没有执照开新舞厅是因为没有缴纳罚款，而未能缴纳罚款是因为她们不知道罚款数额。法官拒绝接受任何保证金或押金。最终，伦东律师向梅斯卡拉州州长递交了一份附有巴拉德罗姐妹签名的书信，言辞恭敬，请求他批准她们将夜总会“开在州长认为合适的城市”。这封信在各个办公室之间缓慢流转，几个月后又回到伦东律师手中，上面多了一行手写批注：“驳回签名人的全部请求”。批注下面是州长私人秘书萨纳夫里亚律师——那个请“梯子”跳舞的男人——的签名。

相比之下，下普兰州的法律程序进行得更顺利。一九六三年三月，巴拉德罗姐妹收回磨坊舞厅，把它卖给一个皮具匠人改建工坊。贝多亚上尉成功说服两姐妹用这笔交易的收入投资农场。

5

我叫拉多米罗·雷伊纳·拉索，出生在康塞普西翁德鲁伊斯。是我把天使农场卖给巴拉德罗姐妹的。现在回忆起来，签合同的时候我对她们的身份和职业一无所知，也没想过她们要拿我的地做什么。

事情是这样的，我当时没钱还债，决定出售部分地产，于是向几个人提了卖农场的事。一天下午，我在戈麦斯旅馆的餐厅遇到了贝多亚上尉，当时我只觉得他眼熟。他走过来对我说：

要是我帮你找到这块地的买家，你给我多少佣金？

我出了个价，他接受了。两天后，巴拉德罗姐妹坐出租车来到我家。

我怎么也想不到她们是开妓院的。她们看起来十分端庄，我邀请她们进屋，把她们介绍给了我的妻子。她们穿着黑色的衣服，姐姐看上去更有威严，披着一件罩袍，仿佛下午要去教堂。她把妹妹当成富家小姐一样管教，妹妹跷起二郎腿时，她说：

把衣服遮好，塞拉菲娜。

妹妹把她的裙子拽到了膝盖以下。

我的妻子对她们印象非常好，还给她们端上了味美思酒配小饼干。她们优雅地用完了点心，没有失言，也没有喝多。之后我主动带她们去看农场，我的妻子也一同去了。谁会料到我和妻子竟是跟两个皮条客坐在同一辆车里呢?

去公证处签合同那天，巴拉德罗姐妹提了一个满是油污的纸袋，从中掏出十五万比索现钞交给我，每张面额五百比索。贝多亚上尉当时也在场，他向我使眼色，示意我别当着两姐妹的面把佣金给他。我们找了个借口离开，把钱结清了。

姐妹俩签好字和上尉离开后，认识两姐妹的公证员告诉了我她们是什么人。然而为时已晚。字签了，钱也到手了，而且我急需这笔钱。

6

欧拉利亚·巴拉德罗·德·平托讲述：

特奥菲洛第三次赔光了我们的全部家当。我的妹妹们的信寄到时，律师们正在扣押客厅里的家具。信中写道：

“亲爱的欧拉利亚，

鉴于我们多年来赖以生存的舞厅越来越难以为继，我们决定转行，从事农业生产。希望精通农业知识的特奥菲洛能替我们管理农场……”

信是阿尔坎赫拉写的，但有她们两个人的签名。我和特奥菲洛从中看到了一丝希望，第二天就收拾行李前往康塞普西翁德鲁伊斯。（她说，根据两姐妹的指示，他们在戈麦斯旅馆落脚。接下来频繁接触的七个月里，她和丈夫都没发现姐妹俩住在丹松舞厅。他们到达的当日下午，“梯子”开车带他们和巴拉德罗姐妹一起去看了农场。）

我希望，阿尔坎赫拉对特奥菲洛说，你在这块土地上种花，亡灵节那天放在温贝托的墓前。

欧拉利亚说，当时正值雨季，是玉米萌芽的时节，但我觉得那个地方格外荒凉。（她描述了农场的样子：谷仓一片狼藉，棚屋东倒西歪，凡是目光所及之处，再没有第二户人家。环顾四周，她不禁心生悲凉。）

欧拉利亚说，为了使农场恢复生产，特奥菲洛构思了一个方案，并做好了预算。我的妹妹们认为方案很好，就是预算太高。她们分期给我丈夫的钱，加起来还不到预算的一半。这些钱虽然够布置房屋，但不够接通水电；够修缮谷仓，但不够添置奶牛；够种玉米，但不够种苜蓿。她们提供的东西里，没有一件是我们需要的。

一天上午，她们来到农场，拿着一个用报纸裹着的长包裹。阿尔坎赫拉把它放在厨房的桌子上，让特奥菲洛打开。里面是一杆卡宾枪。

这个给你，阿尔坎赫拉对特奥菲洛说，用来对付偷牛贼。

无论当时还是后来，农场里都没有牛。

7

七月十四日，巴拉德罗姐妹在天使农场举办了一次野餐。她们请了一位牧师为这片刚买的土地祈福命名，换掉了之前的“火龙果农场”。宾客名单反映出巴拉德罗姐妹的境遇变化，出席的不再是地方议员、市长、工会领袖和银行高管，而是贝多亚上尉、他的助手“勇士”尼古拉斯、“梯子”、蒂乔和特奥菲洛·平托，还有十五个姑娘。等待牧师主持祈福仪式的时候，在场的男女组成两个混搭队伍，拿出“梯子”后备厢中的足球踢了起来。

祈福仪式后，赶着去主持施洗仪式的牧师离开了。大家便开了几瓶酒，一起举杯庆祝，晚些时候享用了卡拉韦拉做的红魔力酱和欧拉利亚做的米饭。“梯子”弹起了吉他，姑娘们唱了歌。那天没有下雨。

三天后，布兰卡死了。

布兰卡的故事

1

（布兰卡·N：一九三六，提科曼——一九六三，康塞普西翁德鲁伊斯）。

提科曼的沙子是白色的、松散的，走在上面脚会陷下去。沙滩很宽阔，一条河流汇入大海，河底布满石头。自有记忆以来，每到旱季，来自内陆的提科曼人会在这条河的河床上打井。他们背靠大海生活，男人们在山脚的玉米地里工作，女人们在农舍里喂猪。没人会游泳，没人敢下海，没人对大海有所期待。他们唯一依赖大海获取的是柴火：等到雨季来临，河水将木头卷入海中，海水再将它们抛上沙滩。

远处，被人遗忘的大海上耸立着两块白色巨石。更远处，船只来来往往，但从未在提科曼停靠过。

这里每户人家都人丁众多。成年男子喝醉时总说想去别的地方打工，男孩们一成年就离开家乡，女人则留守在家。但不是所有人都这样。

我们能想象，布兰卡小时候和家乡的同龄女孩一样，到沙滩遛狗，去海边拣柴火，从井中打水，直到一个裹着披肩的老太婆来到提科曼。老太婆喜欢午后坐在一张草编椅上望向大海。她看见布兰卡抱着木柴从面前走过。

故事的场景从海滩变成奥坎波集市。很多虔诚的教徒前往集市向奥坎波圣母还愿。有些人为了赎罪，扛着木梁从流淌出圣水的修道院出发；有些人光脚走在仙人掌的叶茎上；女人们则跪着穿过教堂中庭一百米长的浮岩地面。他们这么做是为了流着血到达圣像前——只有这样才能确保自己得到宽恕，或者愿望得以实现。

很多人去赶集并非出于信仰，而是为了热闹的商品交易。奥坎波集市举办期间，各种货物应有尽有：香火、复活节蜡烛、银质还愿挂件、逾越节三日庆典装饰物、马、斗鸡、成对的耕牛、女人等。

一九五〇年的奥坎波集市上，那个每天下午坐在草编椅上看海的老太婆霍维塔·N，把十四岁的布兰卡卖给了巴拉德罗姐妹。售价三百比索。

证人卡拉韦拉说，奥坎波有很多专供朝圣者投宿的棚屋，她们找了一间作交易场所。当时霍维塔要价四百比索。付款前，巴拉德罗姐妹仔细检查了布兰卡，除了牙齿发黑外没有发现其他问题——当地人都有这个毛病，因为他们喝的是从河床打出的井水。这一点成了巴拉德罗姐妹讨价还价的借口。

多年以后，卡拉韦拉回忆说，那天发生的一些事情好像日后出事的凶兆：巴拉德罗姐妹在奥坎波停留期间，一对陪父亲去还愿的姐妹经常和她们在同一家酒馆吃饭。当时，塞拉菲娜的磨坊舞厅正好缺人，她见姐妹俩模样标致，便趁两人父亲不在时上前搭话。她对姐妹俩说，自己是佩德隆内斯一家鞋店的老板，要招聘几个售货员，每人每个月两百比索的工资，还提供住宿和餐食。这两个来自老城的女孩似乎对去佩德隆内斯生活很感兴趣，答应第二天——巴拉德罗姐妹买下布兰卡的那天——给回复。买下布兰卡后，巴拉德罗姐妹带她去那家酒馆吃饭，卡拉韦拉也在场。四个人正吃饭时，那对小姐妹的父亲出现了，身边跟着的不是两个女儿，而是两个宪兵，他们押走了塞拉菲娜。塞拉菲娜因受指控腐化未成年人而在市监狱里被拘留了二十四小时。阿尔坎赫拉不得不花两百五十比索将她保释出狱。卡拉韦拉解释说，凶兆就是，布兰卡和她们在一起的第一天，塞拉菲娜就进了监狱。

2

布兰卡的性格：

家人欺骗她，抛弃她，卖掉她，让她从十四岁开始卖淫，她却好像无忧无虑。

没人知道霍维塔给布兰卡开了什么条件；也可能是霍维塔先给布兰卡的妈妈开条件，再由她妈妈说服她跟霍维塔从提科曼跋涉四百公里去奥坎波。但无论如何，霍维塔遵守承诺的可能性不大。当巴拉德罗姐妹在摆满简易床的朝圣者棚屋检查布兰卡时，她终于如梦初醒，但没有表现出一丝惊讶或羞耻。说到这里，卡拉韦拉话音中带着钦佩。成交后，霍维塔对她说："跟两位女士去吧。"她便一声不吭地跟巴拉德罗姐妹走了。宪兵带走塞拉菲娜的时候，布兰卡的胃口也没受到影响，她是在场唯一一个还有兴致吃甜点的。几天后，阿尔坎赫拉在"美丽的墨西哥"向布兰卡说明了她的工作职责。卡拉韦拉说，很多姑娘在这个时候都泣不成声，只有布兰卡不动声色地回答："就听您的，女士。"

布兰卡从妓的几年中，没有人对她表示过不满，相反，很多人都对她赞扬有加。

她有好几个名字。在梅斯卡拉州的"防治性病花名册”中，她登记的名字就有玛丽亚·德赫苏斯·戈麦斯、玛丽亚·埃伦娜·拉腊、皮拉尔·卡多纳、诺尔玛·门多萨，还有她死前一直在用、至今仍有人记得的布兰卡·梅迪纳。

卡拉韦拉说，布兰卡没有继续更换姓名，不是因为不想，而是管理花名册的阿雷利亚诺医生再也无法容忍。他非常生气地告诉她不准再改名字。

多变的名字仿佛对应了她多面的性格——虽然都很平常，但胜在花样繁多。据认识她的人讲述，她的天赋和成功秘诀在于，能在不同人面前展示出对方潜意识里喜欢的特质。因此她的每个爱慕者讲的故事都存在矛盾：她让一个客人独自在吧台等了两个小时，自己却坐在桌边等待一个根本不存在的“男友”。之后，她做出失望的样子，走到那个客人身边，把他带回房间，让自己陷入强烈的性快感，这让客人感到十分惊喜。而对待另一个做律师的客人，她则扯着对方的领带脱光他的衣服，一把将他推到床上扑了上去。这位客人也十分满意。

有人说她懂得专注、安静地倾听，故事再长也能耐心听完。另一些人则形容她健谈。“花花公子”利维蒂诺说，有几个月他每次去找她，都能听她讲一段自己虚构的故事。令利维蒂诺最佩服的是，同一时期，布兰卡给他的朋友——也是她的客人——编造的故事完全不一样。一位采矿工程师表示，自己和她的唯一一次交集激烈又难忘，其间她一句话也没说。

她的同伴们回忆起她，都面露敬佩和喜爱。尽管她赚的筹码最多，但从不招人嫉妒。她会向客人推荐生意较为惨淡的姐妹，把好机会让给需要的人。她从没因嫉妒或贪心扯过同伴的头发，还会把品相不错的衣服送给她们。两个老板和卡拉韦拉都很喜欢她。

她唯一的心结就是那几颗发黑的牙齿，这催生出她人生中唯一一件贵重物品。她攒了好几年钱，找佩德隆内斯一个有名的牙医把上排中间的四颗牙换成了金的。这项“创举”改变了布兰卡的外貌，但是不至于毁容。利维蒂诺说，她的三种样子他都见过：牙齿发黑；拔完牙等待种牙；镶着金牙。他说不好自己更喜欢哪一种。布兰卡是个黑人，金牙的光泽更加突显她的异域风情。

3

布兰卡给利维蒂诺讲的故事：

布兰卡说，有一天她出门，走到阅兵广场，坐在一条长凳上。一个长得很帅的男人在她面前来来回回走过好几次，最终在她对面的长凳上坐下，盯着她看，直到她回家，男人也没敢开腔搭话。第二天，布兰卡再次来到阅兵广场，那个男人又走到她面前，坐下，看着她。第三天，男人朝她走过去，告诉她自己是个足球运动员，又问了她的职业。布兰卡说自己是餐馆服务员。他说想和她结婚，她说不可能，因为自己有个生病的母亲（?）[①]。

接下来的故事里，那个男人执着地追求她，差点发现了她真正的职业。有一次，男人邀请布兰卡去海鲜吧，几杯啤酒下肚，她就意识模糊了。清醒后她开始担忧，自己犯糊涂时是不是说了“啊呀，我是个妓女！”这样的话。还有一次，男人和其他足球队员去了“美丽的墨西哥”，她不得不躲在桌子底下。

一天晚上，利维蒂诺去舞厅时发现布兰卡很伤心，问她怎么了。她告诉他，那个足球运动员死了，接着详尽地描述了那场惨绝人寰的车祸。从那晚起，布兰卡再也没提过那个足球运动员，利维蒂诺也不敢再追问。

① 此处为西班牙语版原文标记，中文版如实保留。

4

布兰卡的病：

下普兰州的妓院被查封后，磨坊舞厅和丹松舞厅的姑娘都在“美丽的墨西哥”工作、生活。一九六二年九月，布兰卡发现自己怀孕了。这不是她的第一次。和之前一样，布兰卡找了卡拉韦拉帮忙。根据卡拉韦拉的供述，她用香蒿和芸香给布兰卡煮了汤药，让她每日三次趁热服用，每次一杯。这个药方对舞厅里大多数姑娘很有效，会引起流产。卡拉韦拉给她们用过好多次，从没出错。布兰卡连喝了两个月还没起作用，便去咨询巴拉德罗姐妹。塞拉菲娜建议她做手术，还说手术费由她们姐妹俩承包。

一开始，阿雷利亚诺医生犹豫不决，强调孕晚期堕胎的风险太大，直到阿尔坎赫拉答应抵销几笔他的欠款，他才同意给布兰卡做手术。十一月的某天，阿雷利亚诺医生在布兰卡的房间为她做手术，卡拉韦拉在旁边帮忙。手术只能算部分成功，因为布兰卡虽然顺利流产，但是发生大出血，一直止不住，医生认为是香蒿和芸香汤药导致她血项异常。为了止血，医生给布兰卡注射了八针维生素 K。晚上十一点，血终于止住了，所有人都以为布兰卡已经转危为安。医生从阿尔坎赫拉那里拿回借据后就回家了。塞拉菲娜和阿尔坎赫拉回到舞厅招待客人，卡拉韦拉也回到看房人的岗位，病人独自睡在房间里。第二天，卡拉韦拉端着一杯橙汁走进布兰卡的房间时，发现她的脸变得不对称了。经检查发现，布兰卡左半边身体瘫痪了。

阿雷利亚诺医生拒绝再去给布兰卡看病，塞拉菲娜不顾姐姐的反对——阿尔坎赫拉害怕还要花更多钱、惹更多是非——打电话请阿夫杜利奥·梅内塞斯医生出诊。这位医生给布兰卡做了检查，就发病原因询问了几个不着边际的问题——回答应该更不着边际——之后安排布兰卡住进他的私人疗养院，以便对她进行重症治疗。

一九六二年十二月四日，布兰卡被收治进当地条件最好的皮拉尔圣母疗养院。住院文件上标注的家属和医疗费承担人都是塞拉菲娜·巴拉德罗。五日和六日，布兰卡的几个同伴去探望她，发现她已经明显好转；七日，利维蒂诺给她带去一束红玫瑰，据在场的一个护士描述，看到布兰卡严重变形的脸，利维蒂诺惊惧难掩；八日晚上，温贝托被害；十日，“美丽的墨西哥”被查封；十一日，梅内塞斯医生对收到医药费一事已不抱希望，命令停止对布兰卡的治疗，为她办理出院手续。

从皮拉尔圣母疗养院的出院文件来看，布兰卡大概是被家属接走的，上面的签名已经模糊。当天，布兰卡以玛丽亚·门德斯——唯一一个不是她自己杜撰的名字——的身份转入圣佩德罗德拉斯科连特斯人民医院，病历中没有关于家属或梅内塞斯医生的任何信息。

一月，利维蒂诺去看望布兰卡，皮拉尔圣母疗养院的前台告诉他病人已经出院，被家属接走了。利维蒂诺以为她即将康复，会回去和巴拉德罗姐妹一起生活，就没再找下去。他坚信姐妹俩不久后会东山再起，在圣佩德罗或者州内其他城镇重新开业，到时候她们肯定会通知他这个老顾客。

巴拉德罗姐妹那边则刚经历了温贝托之死带来的痛苦、“美丽的墨西哥”被查封以及搬家的混乱，暂时忘记了布兰卡。等她们终于想起时，以为她还待在皮拉尔圣母疗养院，欠了长长一串医疗账单等着塞拉菲娜偿还。想到这里，她们决定不去探望她，也不再打听她的情况。

就这样到了三月，利维蒂诺去康塞普西翁德鲁伊斯催收一笔汽车零件交易的欠款。事情办完后，昔日的粉色回忆突然涌现，他决定再回去看一眼丹松舞厅。他把车停到阅兵广场，徒步走到独立街，在贴着封条的大门前停下来，竟然看到卡拉韦拉从邻居家的大门里走出来（她正要去市场买黄油）。两个人像老朋友一样拥抱了一下。卡拉韦拉对他说了两个谎话：她是来拜访她的朋友贝纳维德斯夫人的；她和其他姑娘住在穆埃达戈。利维蒂诺向她询问布兰卡的情况，她回答，布兰卡还住在皮拉尔圣母疗养院……

他们就是这样发现布兰卡失踪的。在去肉店的路上，两人决定寻找布兰卡。利维蒂诺提出通知警察，但卡拉韦拉央求他不要那样做。为了解释这种高度谨慎的必要性，卡拉韦拉还是向他透露了巴拉德罗姐妹、她自己和其他姑娘的实际住所。于是，利维蒂诺同意自己悄悄寻找布兰卡，一有消息就会打电话到“梯子”工作的出租车站。

三天后，利维蒂诺在他去的第一个地方找到了布兰卡：人民医院的女病房。她简直像换了个人似的，面容丑陋诡异，大脑也受到了损伤。他好不容易才认出她。布兰卡的嘴巴已然歪斜，发出的声音也叫人无法理解。

利维蒂诺感到心烦意乱。他立刻按照约定的方式通知了卡拉韦拉，决定再也不过问布兰卡的任何消息。

5

第二天，卡拉韦拉去探望布兰卡。医院院长见玛丽亚·门德斯有访客，便把卡拉韦拉叫到一边，告诉她病人已经无法医治，请她叫家属来接走，还有其他更有希望的病人在等床位。

次日，“梯子”开车把巴拉德罗姐妹送到人民医院。她们签了几份必要文件，然后把布兰卡带回丹松舞厅，和她们住在一起。

据证词所述，每天上午有两个姑娘把布兰卡从楼上的房间带到院子里，让她窝在一只木盆里晒太阳。之后，再负责把她带回房间。布兰卡瘦骨嶙峋，靠卡拉韦拉做的玉米面糊维生，依旧听不懂别人说什么，也没人能理解她的话。

阿尔坎赫拉一直抱怨，在没有收入的情况下，养这么多人开销实在太大。五月的时候，她想到，既然布兰卡无法咀嚼，不如把她的金牙摘下来卖了，弥补一下她造成的损失。一天上午，阿尔坎赫拉钻进布兰卡的房间，试图把那几颗牙拔下来，但布兰卡死咬牙关不肯张嘴。两人较了一番劲后，阿尔坎赫拉不得不打消这个念头。

七月五日，卡拉韦拉去佩德隆内斯找到有名的江湖医生托马萨 · N 女士，向她咨询治疗瘫痪的方法。接下来故事中出现的治疗方法就是托马萨 · N 推荐给卡拉韦拉的，据称很有效。回到康塞普西翁德鲁伊斯后，卡拉韦拉请求巴拉德罗姐妹允许她对布兰卡进行一次治疗，两姐妹同意了。

（之后的几天里，卡拉韦拉和其他姑娘忙着准备农场祈福仪式上要吃的魔力酱。）

七月十七日，蒂乔用铁丝把三张桌子的腿固定在一起，放在舞厅正中央——卡拉韦拉认为那里是治疗的最佳位置。桌子摆好后，蒂乔就离开了，对之后发生的事毫不知情。十一点，有人点燃两个火盆，放在桌子两侧。玛尔塔、罗莎、埃维利娅、费利萨充当卡拉韦拉的助手，把布兰卡从房间带到楼下，为她脱去衣服，把她抬到桌子上。助手们在火盆上加热六块铁板，卡拉韦拉则在一旁用树牵牛树皮制成的酊剂按摩布兰卡的身体。随后，助手们用两张床单把布兰卡绑在了桌上。巴拉德罗姐妹在舞厅二楼的看台上观看治疗过程。助手们用一条法兰绒薄毯盖住布兰卡的身体；玛尔塔手拿水壶，负责打湿薄毯；卡拉韦拉将烧热的铁板烙在薄毯上；罗莎负责更换凉了的铁板；埃维利娅和费利萨负责按住病人，防止她扭动身体。

治疗方案上写着：隔着打湿的薄毯把烧热的铁板烙到病人瘫痪的一侧，直到薄毯变成深咖啡色。

一开始，治疗仿佛有些效果，布兰卡的叫喊比过去几个月里说的话更连贯，瘫痪许久的肌肉在接触铁板后产生了肉眼可见的抽动。随后，她陷入昏迷。参与治疗的人想用可乐帮她恢复意识，但是布兰卡无法吞咽，可乐顺着唇缝流了出来。有一瞬间，卡拉韦拉犹豫是否中断治疗，但她最终还是选择遵照托马萨的建议，用铁板把薄毯烙成深咖啡色。她们又给布兰卡喂了一次可乐，依然没成功。等她们打算把薄毯从布兰卡身上拿开，震惊地发现她的皮肤粘在了薄毯上。

快盖上！快盖上！据说，当时塞拉菲娜在看台上这样喊道。

一个姑娘跑去找来新薄毯，其他人解开了布兰卡身上的床单。为病人重新盖上薄毯后，大家把她抬回房间，平放在床上。布兰卡再也没醒过来。参与治疗的人和巴拉德罗姐妹一直陪她到午夜十二点，看她咽下最后一口气。

众说纷纭

1

玛丽亚·德尔卡门·雷古莱斯称，那天吃完早餐，卡拉韦拉对她和另外三个姑娘说：

你们出去散个步，逛一逛，要是时间充裕就去市场转转，看看蔬菜，下午五点以前不要回来。

她给了每个姑娘一比索饭钱。姑娘们觉得这个要求很奇怪，但还是听从了。四人走在夸乌特莫克大街上，三个正在机械车间工作的小伙子认识她们，见她们经过便跟上去进行“语言骚扰”。她们四个离开镇子，往泉眼的方向走，三个小伙子追上去，在一丛芦苇后面“强奸了她们”。在市场吃完饭，四个人去阅兵广场逛到了五点。

回到丹松舞厅后，她们走进厨房，想跟卡拉韦拉说一声。厨房空无一人，也没有做饭的迹象，灶火是熄灭的，炉子里没有炭。

玛丽亚去院子里收挂在晾衣杆上的衣服。那时她发现，布兰卡的木盆没有放在柠檬树下，而是在舞厅紧闭的大门边。

回到厨房，她碰到了其他几个刚从外面回来的姑娘——那天有十一个姑娘出门，情况实属罕见。

她说，她上楼回房的时候听到布兰卡的房间里有说话声。她很好奇，但没敢进去，因为其中好像有巴拉德罗姐妹的声音。她在自己的房间里待了一会儿，听到走廊有响动，微微打开房门，从门缝里看见阿尔坎赫拉和卡拉韦拉朝着楼梯走去。她听到阿尔坎赫拉说：

是你的错。

那天晚上没有晚饭，只有橙叶茶。几个姑娘问费利萨出了什么事，费利萨没告诉她们。布兰卡病情恶化的流言开始扩散。玛丽亚说，她上楼回房的时候注意到，木盆从舞厅大门边消失了。

她说，她睡了一会儿，然后被饿醒了。她听到说话声和脚步声，本想起来看看发生了什么，但很快又沉沉睡去。

第二天，玛丽亚醒得很早——还是饿醒的。她下楼走进厨房，见卡拉韦拉已经生好火，正在给蒂乔准备早餐，猪肉脆皮配绿酱。玛丽亚问她布兰卡的病情是不是恶化了。卡拉韦拉回答她：

病情非常不乐观，我们只好又将她送进了医院。

玛丽亚说，那几天她一直相信卡拉韦拉说的是真话。

2

关于上述时间内发生的事，蒂乔说，把捆好的桌子放到卡拉韦拉指定的地方后，他就以工作为由离开了。（“美丽的墨西哥”关门后，巴拉德罗姐妹不再支付蒂乔工资，他只能去做按件计费的搬运工作。）

他说他去了巴拉哈斯兄弟的杂货铺，把整箱的西红柿、成包的干辣椒和袋装的土豆从漏雨的屋子搬到干燥的屋子。下午两点，他去街对面的市场吃了一个牛肠塔可，之后回杂货铺仓库继续工作。一直工作到晚上八点工头才满意，按照承诺付给他二十比索。

他说，回到丹松舞厅后，他想和巴拉德罗姐妹或卡拉韦拉打声招呼，但是她们都不在。他来到厨房，见没有饭菜，就回了自己住的小储煤间，背一沾床就睡着了。

他说：

我不知道醒来的时候是几点。卡拉韦拉站在我的房间门口，手里拿着一盏煤油灯。我一边叫她卡拉维丽塔[①]，一边撩起她的衬裙。但是她不愿意，只对我说了一句“过来”就走开了。我以为她要给我准备吃的，便跟了上去。但她没去厨房，而是把我领到了院子里，对我说：

你去柜子里把铁锹和镐头拿来。

等我拿上工具回来，卡拉韦拉开始在院子里四处走动，我跟在后面。除了煤油灯，没有其他光亮，我只能看见卡拉韦拉的衬裙。我们走到院子的另一侧（西北角），她把灯放在地上，对我说：

我需要你悄悄做一件事。

（卡拉韦拉要求蒂乔在地上挖一个两步长、一步宽的坑，深度是他站进去正好能露出胳肢窝的程度。说完她就进屋了。院子里泥土松软，挖起来毫不费力，当镐头敲到泥土下面的石块时，阿尔坎赫拉和卡拉韦拉跑出屋子，叫他停下。）当时坑还不足一米深。蒂乔继续往下讲。

阿尔坎赫拉女士对我说：

就这样吧。要是把邻居吵醒了就更糟了。

卡拉韦拉把我带到厨房，给我煎了个鸡蛋，还端来一壶兑了酒的橙叶茶。我又叫了一次卡拉维丽塔，她再次拒绝了，于是我回到房里继续睡觉。

---

① 卡拉韦拉的亲昵叫法。

天快亮的时候我醒了。卡拉韦拉站在房间门口，手里提着煤油灯。我叫她卡拉维丽塔，她又挣脱了，对我说“跟我来”，转身走开了。

我们走到院子的西北角。我注意到，有人已经用土把我挖的坑填了一半。

你把这个坑填完，卡拉韦拉对我说，然后用牧豆树干把土夯实。听好了，如果有多出来的土，就用铁锹把它们均匀地撒在院子里，让人看不出这里有过一个坑。

我按她的要求做完了这些事。等卡拉韦拉检查完，天已经大亮。她把我带到厨房，给我端上早餐，刚做好的猪肉脆皮。我吃饭的时候，有个姑娘走进厨房，问卡拉韦拉布兰卡的情况。卡拉韦拉回答，病情非常不乐观，她们只好又将她送进了医院。那时我才明白自己整个晚上在干什么。

3

贝多亚上尉说：

七月十七日的情形还历历在目。那天非常忙，负责发工资的马林少校迟到了两天，跟运送粮草的卡车一起抵达康塞普西翁德鲁伊斯军营——粮草本该二十号运到。（上尉解释说，分遣部队因此重新安排了射击演习，根据规定，发工资前要列方阵和检阅。）我掐着时间离开军营，赶在汇款窗口关闭前跑到了电报局。（贝多亚上尉给女儿卡梅丽塔·贝多亚[①]买了一张五十比索的汇票，还附上了一张便条，上面写着"请收下爸爸对你命名日的祝福"。汇票的签收地址是阿兹卡波萨尔科的一条街。贝多亚上尉既没给妻子寄礼物，也没附便条，尽管她也叫卡门[②]。请注意，上尉在银行有存款，但他还是宁愿等马林少校发完上半月的工资再给女儿寄礼物，即使这样就得迟一天。）上尉继续说：从电报局出来后，我去了塞拉菲娜那里。

我在餐厅找到了她，发现她全身发抖，花容失色。我问她发生了什么，她说布兰卡的病情变得非常糟糕，她一整天都提心吊胆。见她那么紧张我便离开了，在戈麦斯旅馆吃完晚饭后回到军营过夜。第二天，塞拉菲娜对我说，她们不得不将布兰卡送进了医院。

我希望是人民医院。我说。

她回答我，没错，是人民医院。

贝多亚上尉一直不理解巴拉德罗姐妹为什么要在布兰

---

① 卡梅丽塔是对卡梅拉的昵称，"卡梅拉"是"卡门"的变形。

② 名为卡门的人的命名日都为七月十六日。

卡身上花钱。她们把布兰卡送进梅内塞斯医生的疗养院时，几个证人听到上尉这样评论：

简直是浪费钱。就算那个女人能再站起来走路，她的脸也不可能恢复原样了。吓到人还怎么做妓女？

塞拉菲娜没有告诉贝多亚，她们把病中的布兰卡接回了丹松舞厅。直到有一天，他在院子发现了柠檬树下那个木盆里躺着的瘫痪女人。

这是什么？据说他这样问身边的几个姑娘。

她们告诉他那是布兰卡。上尉说：

这个女人已经是废物了。应该给蒂乔打电话，让他摸黑把她丢到垃圾场喂野狗。

（也许是因为这些话，塞拉菲娜没有向上尉透露布兰卡后来的命运。）

上尉说：

八月初的一天晚上，我和塞拉菲娜熄了灯躺在床上，她对我说，她对舞厅重新开业渐渐不抱希望了。我很高兴她恢复了理智，因为我早就对此不抱希望了。但我没想到要问她，是什么让她改变了想法。

第二天早上起床时，我心情很好。我穿上短裤和衬衫，到走廊上呼吸清晨的新鲜空气。那天没有云，像是旱季的天气。我抬起头，看到两只美洲黑鹫在我头顶上空盘旋。

我对您起誓，我是个无神论者，但当时我感到一阵强烈的不安，不由得画起了十字。

4

以下是奥罗拉·包蒂斯塔和蒂乔的对质片段。

奥罗拉·包蒂斯塔：有一天你背着一袋煤准备进门，阿尔坎赫拉对你说，“砍一根树牵牛的树枝，把院子里的动物吓走”。是不是这样？

蒂乔：我不记得有这回事。

奥罗拉·包蒂斯塔：你也不记得你去灌木丛砍了一根很粗的树枝，把美洲鹫赶跑了，它们在空中盘旋了几圈又落回地面吗？

蒂乔：我出生以来驱赶过好几次美洲鹫，我不知道你说的是哪一次。

奥罗拉·包蒂斯塔：就是塞拉菲娜忍受不了的那一次，她掏出一支手枪递给你，对你说“用枪把它们打死”，然后阿尔坎赫拉走到走廊上问，“你们想吓到邻居吗？”这些你都不记得？

蒂乔：当时在场的应该不是我。

奥罗拉·包蒂斯塔：有一次贝多亚上尉进厨房找水喝，喝完以后，他说，“怎么闻到一股恶臭味”，卡拉韦拉回答，“可能是邻居家的死狗散发出来的气味”。当时除了卡拉韦拉、卢斯·玛丽亚和我，不是还有你吗？坐在那里吃玉米饼的难道不是你？

（蒂乔对这个问题以及奥罗拉·包蒂斯塔之后的问题闪烁其词。）

有一天下午，你不是提着一个圆形的罐子到舞厅，阿尔坎赫拉女士还问你汽油花了多少钱吗？

你不记得那天晚上，你拿出铁锹和镐头，在院子里挖坑吗？

你不记得那天更晚些时候，你点了一个火盆，烧了很久，导致第二天清晨空气很难闻吗？

蒂乔：我觉得你说的这些都是梦话，从没真实发生过。

九月十四日

1

一九六三年九月十四日，巴拉德罗姐妹和西雷尼奥·潘托哈先生见面。堂西雷尼奥是哈洛斯特大小妓院的老板，姐妹俩找他商量余下十五个姑娘的买卖。做出这个决定，意味着她们对重新开业已经不再抱任何希望。

上午十一点，双方在佩德隆内斯一家名叫“西伯利亚”的冷饮店见面。巴拉德罗姐妹不想让堂西雷尼奥猜到她们住在丹松舞厅，之前卖给他十一个姑娘的时候，交易地点选在佩德隆内斯林荫大道的一条长椅边。但她们也许没考虑到，那些卖出去的姑娘知道这个秘密。

据推断，堂西雷尼奥想在这次交易中争取一些对他更有利的条件，因为这次跟上次不同，是两姐妹主动找他做买卖。他表示近期开销很大，每个姑娘他只能付三百比索。巴拉德罗姐妹不同意，做出愤然离席的样子，堂西雷尼奥只好将价格提高到每人四百比索。两姐妹在冷饮店和他讨价还价，商量了一个上午，最终以每人六百比索的价格达成协议。但后来又发生了一些令人意想不到的事。

2

丹松舞厅二楼的看台原本不在建筑师的设计之内，它破坏了其他装潢营造的“置身海底”的氛围。据说，当初为巴拉德罗姐妹提供建议的装潢小伙也强烈反对。不过，即使有诸多不妥，看台还是建成了。

看台是塞拉菲娜的主意。她永远忘不了在阿卡普尔科旅行时看到的景象——一支三重唱乐队站在街边看台上，拿着吉他为院子里吃饭的旅客弹唱。她觉得，如果能在晚宴上请一支三重唱乐队演出，应该会很美妙。到时候，政客或重要人物及其朋友们光顾，舞厅暂停对公众开放，在楼下的客人意想不到之际，看台的玻璃门打开，歌手登场，为客人演唱一曲《美好的早晨》。

看台建成之后，从来没有歌手上去过。只有阿尔坎赫拉和卡纳莱斯律师在看台上主持了舞厅的开业仪式，后者因为喊错口号丢了工作；阿尔坎赫拉和塞拉菲娜在看台上观看了布兰卡的治疗过程；接下来的事也发生在看台上。

需要注意的是，看台上的护栏一直没有装好。制造栏杆的铁匠提醒了施工经理这件事；施工经理确认护栏没装好后，让一名泥瓦匠去加固；这个泥瓦匠虽然嘴上答应下来，但一直没有落实。

几个月后，工程结束，阿尔坎赫拉提出意见：

必须把松动的护栏修理一下。要是有人靠在这里，护栏一松，人就会从四米高的看台上栽下去。

听完意见，大家就把护栏的事忘得一干二净，直到九月十四日。

3

走廊连通所有房间，尽头就是看台。目击者称，那两个女人是在走廊吵起来的。

当时的画面差不多是这样：两个女人面对面站着，脸几乎贴到一起，双手揪着对方的头发，表情扭曲。她们的眼睛时而瞪大，时而因疼痛紧闭；嘴角歪斜，流出白沫；身上的裙子被扯得歪扭乃至破烂—— 一人的胸罩甚至从衣领中露了出来。两人紧贴着对方，动作一致，像是在跳舞，那边三步，这边两步，不时踩对方一脚，踢一下对方的小腿，用膝盖顶对方的肚子。她们发出动物般的呻吟和喘息声，嘴里不时冒出一个短促刺耳的词——“婊子”。

现场一开始只有这两个人，但是她们吵了太久，舞厅里的所有人都开始觉得不对劲，便凑到走廊看热闹。（那时卡拉韦拉还在市场。）

十三个姑娘围观两人互相扯头发，但没有一个人上前制止。争执双方是一对“灵魂伴侣”，或者说恋人，大家觉得她们打架是私事，外人不应该介入。她们饶有兴致地观赏着这场激烈但势均力敌的扭打，默默地看着两个人你推我一下、我拽你一下，以为两人打累了就会停下来。这个时候，如果门外的巴拉德罗姐妹能快点下车呵斥一声，可能就不会有流血事件发生；或者，如果当事人没有正好移动到看台上，使劲拉扯对方，致使一人的屁股撞到护栏，护栏脱落，两人跌下看台，在空中还互相揪着头发直到脑袋着地，那么，她们的头颅就不会撞在水泥地上，像鸡蛋一样被磕碎。两人的生命在那一瞬间就结束了。她们是埃维利娅和费利萨。

4

听到骚乱声的时候，巴拉德罗姐妹已经走进贝纳维德斯夫人家，正穿过共用墙上的洞进入餐厅。阿尔坎赫拉刚想问“怎么回事”，就听见一阵响亮的碰撞声——屁股撞到护栏；然后是“咔嚓”一声——护栏脱落；接着是一阵撞击产生的回响——护栏砸到地面；最后是刺耳的脆裂声——头撞到水泥地。

也许有事故目击者发出了尖叫声，也许有一个或几个姑娘跑下了楼，但死亡最终会让寂静制服所有人。我们不妨想象，巴拉德罗姐妹打开大门的时候，舞厅内鸦雀无声。她们走进充满粉尘的现场，先是看到变形的铁护栏，然后是两个死者，最后抬起头，看见少了护栏的看台上站着五六个，甚至更多姑娘。她们正在朝下张望。

我们可以略过巴拉德罗姐妹接下来的疑问和指责，比如“是谁推了她们？”“是你们的错，没有把她们分开”。巴拉德罗姐妹最终的判定是，所有责任应该由死者自己承担。她们还在其中一具尸体上发现了可能是争执原因的东西：布兰卡的金牙。

埃维利娅把布兰卡的金牙藏在了胸罩里，这是她身上唯一能藏东西的地方。她的衣服都是一片式的低领连衣裙，没有袖子也没有口袋。

布兰卡金牙的故事是这样的：布兰卡生病的时候，阿尔坎赫拉试过摘走她的金牙，但是没成功；布兰卡死后，阿尔坎赫拉忙得焦头烂额，忘了要把金牙摘下来；当他们把尸体挖出来准备烧掉的时候，她又想起了金牙，就是那时，她发现金牙不见了。

阿尔坎赫拉没说什么，但花了好几周思考这件事。舞厅里的某个姑娘偷了布兰卡的金牙。直觉告诉她，可以排除塞拉菲娜、蒂乔和卡拉韦拉的嫌疑，小偷应该出自那四个曾参与治疗和埋尸的姑娘。推理到这里，她的脑子犯起迷糊，没能解出谜题——小偷不仅住在她和妹妹花钱造的房子里，吃着她们花钱买的玉米饼，还偷了理应属于她们的金牙。她们在布兰卡生病期间做出了不少牺牲（而且开销巨大），有权得到补偿。

九月十四日，谜题有了答案：金牙从死去的埃维利娅的胸罩里半露出来。阿尔坎赫拉在狼藉的现场发现了它们，捡起来揣进自己的口袋，十五天后以五百比索的价格卖给了佩德隆内斯的一名珠宝商。偷窃者的身份已经暴露，她不仅归还了偷走的东西，而且受到了惩罚。

5

突如其来的意外让一部分故事再也无从知晓，我们只能猜测。埃维利娅和费利萨的同伴说，她们在一起十年，关系和谐稳定，是一对模范情侣，让其他几个姑娘很是羡慕。根据同伴的描述，她们在妓院里认真工作，私下里相敬如宾。费利萨为埃维利娅盛饭、缝补衣服，埃维利娅替费利萨保管工资。十年来她们相安无事，没有一点不和的迹象——晾衣杆上还挂着费利萨给埃维利娅洗的衬裙。可最终，她们害死了彼此。

布兰卡的金牙应该能解释这样的结局。

几年前，布兰卡创作了一个三人节目，选了埃维利娅和费利萨做演出搭档。演出结束后，三人依旧保持着很好的关系，布兰卡生病之后也一样。埃维利娅和费利萨去梅内塞斯医生的疗养院看望过布兰卡；塞拉菲娜签完圣佩德罗人民医院的出院文件后，是她们帮“梯子”把布兰卡扶上了车；也是她们每天上午把布兰卡抬到楼下，放进柠檬树下的木盆里，下午再把她抬回房间；她们主动参与了布兰卡的治疗过程——费利萨试图用可乐唤醒布兰卡，埃维利娅找来了薄毯。

一个假设是，埃维利娅和费利萨中的一人在与布兰卡独处的时候，摘下了布兰卡嘴里的金牙，没有告诉任何人。三个月之后，被蒙在鼓里的另一人发现金牙在同伴手中，认为偷窃和隐瞒的行为是对自己的背叛，于是上手扯了对方的头发。

另一个假设则是，布兰卡的病情很严重，她知道阿尔坎赫拉之后一定会抢走她的金牙，更希望趁活着的时候把它们留给自己最好的朋友——埃维利娅或费利萨。当其中一人知道自己不是布兰卡最好的朋友时，被嫉妒冲昏头脑，结果可想而知。

大概就是这样。

6

现在让我们回到案发当天。阿尔坎赫拉和塞拉菲娜开门走进舞厅，在一片粉尘之中认出两名死者、变形的护栏和布兰卡的金牙，接着她们抬头，看见没了护栏的看台上有五、六、七……十三副面孔，正在朝下张望。

那一刻，受了惊吓的姑娘们还没意识到，舞厅老板和员工的关系发生了彻底的变化。看台上的姑娘们是这场意外和尸体处理过程的目击证人。巴拉德罗姐妹是舞厅的老板和这个小社群的管理者，要对内部发生的所有事负责。

从表面上看，事情变得简单了。比如，没有必要再摸黑掩埋尸体，或是担心发出声音惊扰到睡觉的人。下午六点，蒂乔结束扛水泥袋的工作回来，卡拉韦拉把他带到院子角落离布兰卡坟墓不远的位置，让他挖一个双人墓穴，深一点八米，不用担心锄头和镐头砸到土块和石头发出声音。蒂乔照做了。晚上十二点，埃维利娅和费利萨埋好了。

那天晚上，贝多亚上尉因为军务缠身没有去找塞拉菲娜；九月十五日他也没去，那是检阅前夜，部队正集结待命。十六日晚上，上尉到达舞厅时神色黯淡：检阅部队行进到佩德隆内斯华雷斯大街正中央时，他骑的黑白花马突然前蹄腾空，差点把他摔下去。他觉得自己在部下和几百名观众面前闹了笑话。当时他的军刀掉到了地上，一个孩子捡起来交还给他，这令他倍感羞耻。

我要一醉解千愁。上尉垂着头自言自语，双手插在口袋里，往独立街的方向走。

上尉处于这样的心境时，塞拉菲娜告诉他埃维利娅和费利萨死了，被埋在了院子里。（塞拉菲娜一直没告诉他布兰卡的事，看他天真地问为什么会有尸臭时，感到很内疚。）塞拉菲娜开口说：

我要告诉你一件事，我不希望我们之间有秘密……

上尉听完后说：

非常好。现在只要等其他十三个女人死光，把她们全部埋进院子里就行。

几个月后，在法庭上，上尉声称这句话只是个玩笑，但法官没有采信。

九月十八日，塞拉菲娜打电话告诉堂西雷尼奥，很遗憾，她的姐姐改主意了，不打算按照约定把姑娘卖给他。堂西雷尼奥说，他从塞拉菲娜的语气中听出，这已经不是价格的问题了。他想，她们要么已经卖给了别人，要么就是打定主意多少钱也不卖。

管制之道

1

每年九月二十四日，玛丽亚·德尔卡门·雷古莱斯都会回家看望她的母亲梅赛德斯。

通常，九月二十二日晚上，玛丽亚会请求塞拉菲娜批准她在二十四日晚上休息，还会从“存放”在阿尔坎赫拉那里的工资中支一点钱，要是她的工资不够，就请求阿尔坎赫拉先借给她。玛丽亚说，她从来没有遇到过阻碍，塞拉菲娜总是允许她请假，阿尔坎赫拉也总会给她钱。二十三日，玛丽亚会离开妓院，去市场买一束鲜花，通常是剑兰，尽管每次花送到母亲手中的时候，都已经凋谢得差不多了。她还会买一块用来裁衣的布料，一块面纱，或是一双鞋。第二天，玛丽亚会在破晓时分起床，因为她要倒三趟大巴才能到达老家所在的农场。最后一趟车会把她送到一个光秃秃的小山坡，下车后她要沿着一条非常隐蔽的小路走到一棵火龙果树前，那里可以看到远处的民居和仙人掌田。

老家的狗每次都认不出玛丽亚，她的母亲和帮厨的兄嫂弟媳每年都得出门让狗安静下来；一到团聚的时刻，女人们都泪眼婆娑，围着火盆在厨房里促膝长谈——有人死了，有小孩出生了，收成不好，等等。下午，男人们从地里回到家，全家人坐下开始吃饭，玛丽亚会帮忙摆桌子上菜。只有母亲知道女儿是干什么的——是她把女儿卖了，家里其他人都以为她在做女仆。晚上，家人们一起喝兑了酒的橙叶茶，喝得醉醺醺的。第二天破晓的时候，玛丽亚启程返回舞厅。

那年的九月二十二日，玛丽亚请假回家，塞拉菲娜第一次拒绝了她。

塞拉菲娜说，我的姐姐决定，除了跟卡拉韦拉一起去市场买食物的人，其他人不许出去。

塞拉菲娜没有解释禁足的原因，也没说要禁足多久。玛丽亚没敢问，因为和舞厅的其他员工一样，她害怕两位老板。她对同伴说，塞拉菲娜不准她回农场，只有陪卡拉韦拉一起去市场的那两个人能出门—— 一直都是相同的两个人。这些对话在封闭而沉闷的妓院里一个传一个，不仅让那十一个无法享有特权的姑娘觉得自己被囚禁了，更重要的是，还将她们团结在了一起。

2

罗莎·N和玛尔塔·N是那两个能陪卡拉韦拉出门买食物的姑娘。

罗莎在圣佩德罗德拉斯科连特斯"防治性病花名册"中登记的名字有玛格丽塔·罗莎、罗莎·德拉斯·涅韦斯和玛丽亚·德尔罗萨尔。在妓院里大家就叫她罗莎。人人都知道她听话。接触过她的人回忆说，妓院正常营业的时候，她总是第一个从房间出来，下楼向塞拉菲娜或阿尔坎赫拉报到。她在两姐妹手下都工作过，想给她们留下好印象。如果老板在她身上挑出毛病，比如指甲油剥落，或者头上扎的蝴蝶结与衣服的颜色不搭，罗莎会乖乖回到房间改正——其他姑娘不会这么做。妓院关门期间，罗莎表现突出，承担了各种脏活、重活和不必要的杂活，比如清洗满是油污的锅底，或是从市场扛最重的篮子回家。

罗莎还是个爱举报的大嘴巴，有两个故事能够说明这一点：有一次，一个喝醉的客人把腕表取下来放在桌上，被同桌的一个陪酒姑娘偷去藏了起来。只有罗莎看到了这一幕。晚会结束前，阿尔坎赫拉要求偷表的姑娘归还物品，还惩罚了她，导致她花了六个月才付清罚款。另一次，之前在磨坊舞厅做服务员的卡梅洛 · N 想出了一个糊弄塞拉菲娜的方法——给几个跟他串通好的姑娘虚报账目多发筹码，姑娘们把这些筹码交给塞拉菲娜，领取额外报酬后与他分成。这个买卖一直做到卡梅洛判断失误，邀请罗莎入伙为止。第二天，卡梅洛就丢了工作。

除了听话和告密，罗莎没有其他用处。她面色发青，常年感冒，还总是一副苦大仇深的样子——卡拉韦拉说她擤鼻涕的时候“像一支军号”。除非喝得烂醉或被舞厅的灯光蒙蔽了双眼，否则没有男人愿意接近她。认识她的人说，她在桌上最喜欢聊的话题是自己的命运如何悲惨，口头禅是“老天把我给耍了”。没什么客人敢进她的房间，更没什么人回头找她。

巴拉德罗姐妹养了罗莎十年半，一方面是因为她听话，另一方面是因为她会打小报告，而最主要的原因是姐妹俩无法摆脱她。一开始，她们把罗莎当皮球踢来踢去，后来好几次准备把她卖给别人，但买家一看到她的样子就拒绝了。最后巴拉德罗姐妹只好放弃，专门用她对付闹事和欠账的客人。

因为工资微薄，罗莎在十年间累积的债务高达四万五千四百比索，是阿尔坎赫拉的账簿里的最高记录。贪婪的人总是缺乏理智，阿尔坎赫拉可能幻想过罗莎一夜之间化身万人迷，还清她的所有欠款。

3

罗莎的厄运始于在不恰当的时间出现在了连通所有房间的走廊里。

住在丹松舞厅的姑娘奥罗拉·包蒂斯塔在与玛丽亚·德尔卡门聊天时得知，除了和卡拉韦拉一起外出的两个姑娘，其他人都不能出门。她决定逃离妓院。

她向三个朋友吐露了这个想法，她们愿意和她一起行动。几个人在其中一人的房间里商讨了几次行动计划，决定等到夜间十一点左右大家都睡着后再行动，搭乘十二点开往佩德隆内斯的末班车逃走。她们不能走巴拉德罗姐妹平时出门的路，那样需要餐厅的钥匙，而塞拉菲娜总是把钥匙吊在胸前；从围墙翻出去则会落到别人的院子里，遇到陌生的狗；最终，她们只能借助折梯登上舞厅的屋顶，然后跳到隔壁贝纳维德斯夫人家，接着就可以轻易地从内部拉开门闩逃出去。

蒂乔住的小储煤间里有一架折梯。他睡觉总是沉得像块石头。

一天下午，四个姑娘正商量用折梯逃出妓院，突然听到走廊传来响动，仿佛有人在门口偷听。她们立刻闭上嘴。房间的主人卢斯·玛丽亚悄悄起身，打开房门。正对门的位置没有人，但她发现罗莎就在几米外的地方，正朝这边走来……

姑娘们琢磨着罗莎是否听到了她们的对话，最终认为这种可能性不大。然而，鉴于发生了这个令人拿不准后果的意外，她们决定提前出发，当晚就离开妓院。

我们不难想象她们的行李，有龙舌兰纤维编织的袋子、打包好的纸箱等。她们整理行李时，充分考虑到要跳屋顶，可能还要在大街上奔跑的情况，每个人只带上了自己最值钱的玩意儿——橘色连衣裙、毛绒坎肩、绣珠手袋、漆皮皮鞋。据说，买完去佩德隆内斯的车票后，她们凑的钱还剩四十五比索。她们想用这些钱继续旅行，不管往哪儿走，只要远离康塞普西翁德鲁伊斯就行。

夜里，等大家都睡下，四个姑娘光着脚在走廊集合，下了楼梯，穿过院子。其中一个人——卢斯·玛丽亚——说，她捡了一块大得需要用双手托住的圆形石头，万一蒂乔醒了，可以用来砸他的脑袋。小储煤间没有门，她们直接钻了进去，蒂乔没有醒。但在摸索中，她们发现折梯不在平常的位置上。

她们困惑地走出房间，聚在漆黑的厨房里，低声开了个会，得出的结论是：罗莎揭发了她们。这个结论激怒了她们。

接下去的场景应该是这样的：漆黑的房间里，一个女人躺在一张大床上；房门无声地打开——妓院被查封后，巴拉德罗姐妹卸下了所有房门的插销，姑娘们无法将自己锁在房间内；借着门口的光线，能看见几个人影闪过；房门重新关上。

不知道罗莎是在那四人开灯的时候惊醒的，还是在她们掀开毯子开始揍她的时候。甚至不知道四名袭击者是否开了灯。更不知道是罗莎害怕得说不出话，还是袭击者不让她出声，或者是没人听见她的全力呼叫。

她们用鞋打了她。卡拉韦拉这样描述此次复仇事件。

罗莎身上的伤是袭击者的高跟鞋鞋跟造成的。

第二天，所有姑娘都在厨房吃早餐，罗莎没有出现。卡拉韦拉上楼去看她出了什么事，走到罗莎房间门口时，听见她在呻吟。罗莎躺在床上，神志不清，身上盖着一条毯子。她的脸上没有伤，但是身上——尤其是屁股上——

布满瘀青和伤口。由于没有及时得到处理，这些伤口正在化脓溃烂。

4

罗莎不知道，或者不愿意说出是谁袭击了她。巴拉德罗姐妹虽然决定要严肃处理这场“动乱”，但不知道该把责任归给谁，也不知道如何查出袭击者。这意味着罗莎没有告发想逃走的四个人，折梯只是恰好不在它一贯该在的位置。

那天中午为巴拉德罗姐妹摆餐具的姑娘断言，是贝多亚上尉出的主意，教姐妹俩如何找出袭击者。

姑娘们看见上尉低着头在院子里走动，时不时弯下腰，捡起一块石头掂量掂量，把质量适中的圆形石头归成一堆。

接着，上尉开始四处查看地面，发现在天井实施他的计划最合适。（天井位于储煤间和厨房之间，是老建筑的一部分，地上铺着大小不一的石头。）

巴拉德罗姐妹把姑娘们集中在天井里。阿尔坎赫拉问：

说，是谁打了罗莎？

没有人回答。

阿尔坎赫拉命令姑娘们跪在凹凸不平的地面上，上尉指导她们摆放手臂：伸出双臂，十字交叉，摊开手掌，手心朝上。所有人都摆好这个动作后，上尉和卡拉韦拉在每个人的手心里放了一块上尉之前捡的石头。

一个姑娘弄掉了一块石头，被阿尔坎赫拉打了一棍。（这是丹松舞厅第一次发生体罚，打人用的木棍是上尉当天下午从树牵牛上砍下来的。）据说，不到十五分钟，袭击者们就招供了，其他人没有继续受到惩罚。

奥罗拉·包蒂斯塔、卢斯·玛丽亚、玛丽亚·德尔卡门和索卡罗四名袭击者被卡拉韦拉带到巴格达厅，接受上尉发明的另一个惩罚：每个人轮流殴打其他三个人。四个人都被打得全身是伤，几天不能动弹。

（贝多亚上尉服役的二十三年间，没有记录显示他曾施加体罚，他的战友或部下也没见他有过任何暴力行为。庭审期间，被问到上述“制裁”行为和四人互殴的情况时，上尉承认是他策划了这一切，并解释说：

我认为那些女人犯了违抗纪律的错误，有必要把她们揪出来严厉地教训一顿，以儆效尤。

您对自己当时的表现满意吗？法官问。

满意，先生。）

5

第二天，姑娘们没有吸取“教训”，引发了另一起骚乱。

事情是这样的：玛尔塔·恩里克斯·多兰特斯——另一个获准陪卡拉韦拉去市场的姑娘——在洗手池拧衣服的时候，突然发觉几个同伴悄悄靠近。她们把她围了起来，不知要做什么。

一共是四个人。玛尔塔还没来得及做出反应，其他人就朝她扑过去，轻易地制服了她。袭击者们将玛尔塔按倒在地，堵住她的嘴，用她刚洗好的湿衣服把她绑住，再让她站起来，准备用一种奇怪的方式杀死她。院子一角有一个废弃很久的老式旱厕，那些女人把玛尔塔拖到旱厕前，掀开上面盖的板子，试图把她塞进厕坑。(根据描述可以推测，四名袭击者想活埋玛尔塔。)玛尔塔厚实的身材救了她。她的骨架很大，无论袭击者们花多大力气，也没能把她塞进坑里。双方正在扭打的时候，卡拉韦拉出现了。

这次肇事者没有受到惩罚，而是被隔离起来。巴拉德罗姐妹决定把袭击玛尔塔的四个人送去天使农场，关到谷仓里。同时，袭击罗莎的四个人被分别关在自己的房间，房门上加了锁。

考虑到这四个被单独监禁的女人晚上需要有人看守，贝多亚上尉派他最信任的手下“勇士”尼古拉斯第二天起带枪住进丹松舞厅，听候巴拉德罗姐妹差遣。

特奥菲洛的行为

1

欧拉利亚·巴拉德罗的丈夫特奥菲洛·平托是个沉默寡言的男人。他神情忧郁，脸上仿佛写着“我一辈子勤勤恳恳工作，只换得个破产三次、获罪入狱的下场”。

他这样解释他的行为：

从商业角度看，天使农场是失败的，我妻子的妹妹们应该对此负责。她们没按照承诺付我相应的钱，说好要用我的名字在银行开一个账户，往里面存一万五千比索，这样我每次有合理需要的时候就能取出来用。您见过那个账户吗？您见过那一万五千比索吗？我也没有。

姐妹俩每周六派蒂乔过来按数发工资，一分不多。如果有额外支出，我要先用自己的钱垫付，然后让蒂乔转告她们给我报销。

农场的情况本就不乐观，十月中旬后更是雪上加霜。

一个周六，过了中午蒂乔还没出现。我和工人们坐在灌溉管道的末端，盯着马路，但来来往往的汽车没有一辆停下，也没有出现拿着工资信封的蒂乔。太阳逐渐落下，我再也无法忍受那股羞耻感，回家从一个抽屉里拿出欧拉利亚攒下的医疗费，再回到工人身边，给每个人发了十比索。

耐心点，小伙子们。我对他们说。周一我再付你们剩下的钱。

那时天已经快黑了。他们揣着那十比索，低着头走开了。

整个周日我都在等姐妹俩的消息，可是没有收到半点音信。我本想找她们谈一谈，告诉她们农场的情况已经不能更糟，但她们压根儿没告诉我她们住在哪里。

周一，工人们回来继续干活。到了中午，他们看蒂乔还是没带钱露面，就停下手头的工作离开了。周二和周三他们来讨工资，我没钱付，当晚被他们教训了一顿。

我之前在灌溉管道上固定了十四块金属板，以防水溢到路上。周三晚上，工人们见领取工资无望，就趁我和妻子睡觉时，把金属板全部偷走了。

第二天早上，我起床后站到窗前，看见马路上的水像面镜子似的闪闪发光。不难猜到是谁干的好事——来这么偏僻的地方偷走十四块金属板，一定是早有预谋。

我觉得那些工人也对拖拉机动了手脚，因为周四那天犁地的时候它半路熄火，怎么都发动不起来。

我绝望地回了家。

我对妻子说：我想收拾行李和你离开这里，搭上从这儿经过的第一辆公交车，随便去哪儿，再也不跟这个农场还有你的两个妹妹有任何瓜葛。

这是我们当时应该做却没做的事。

欧拉利亚不想得罪她的妹妹们，我也没有执意离开，因为我仍希望她们能把欠我的钱还给我。此外，我还想看着自己种下的麦子发芽。

又到了周一，我们在厨房吃饭时，听到一阵汽车鸣笛声，仿佛是在求助。我们走到大门口，看到两姐妹经常乘坐的蓝色汽车车轮陷进了路上的泥坑里。车里坐满了人。

我不得不搬了几块石头放到烂泥里，好让阿尔坎赫拉下车时不至于弄脏鞋子。她一踏上结实的路面，我就向她抱怨上周六没有拿到工钱，工人们都离开了。她打断了我。

先等等，我接下来要跟你说的事情更重要。

她带我走开几步，以免车里的人听到我们的谈话，然后这么对我说：

车上的四个姑娘做了很不好的事，我需要把她们与其他人隔离开，以免她们再打什么坏主意。我要把她们留在这里几天，让她们冷静下来。

这时我才发现车后座上有四个姑娘。她们用奇怪的眼神看着我，表情惊恐。

阿尔坎赫拉给了我几个建议：

把她们关起来，随便给点吃的。要是有人想逃跑，你就用那杆卡宾枪打她。

2

天使农场的谷仓呈长方形，地面是水泥铺的，墙是砖砌的，砌得凹凸不平，屋顶是混凝土浇筑的。室内昏暗，只有木门上方的天窗能透进一点光线。牧豆木做的门用大门环和锁头从外面上了锁。天窗上有个十字形的铁栅栏，缝隙不足一人宽。

特奥菲洛收拾谷仓让四个姑娘住进去。他取走了一切可能有助于她们逃跑的东西——一条绳子、一把长椅、一架梯子；还有能作为武器的工具——一把丁字镐、一个小凳子、一把铁锹。除了一些玉米芯和一小堆麦秆，什么也没留下。

特奥菲洛给四个人准备了几张草编席，让她们垫在地上。那时正值寒冷的十一月，天窗又关不上，她们虽然带了毯子，还是冻坏了。四个姑娘都患上了感冒，几天后症状减轻。

故事奇怪的地方在于，像平托夫妇这样崇尚正直的人竟会答应看管"囚犯"，没有表现出一丝抗拒。一张两千比索的支票也许能解释这个谜题：这张支票由阿尔坎赫拉的账户开出；十一月三日，特奥菲洛在佩德隆内斯的中心银行提现。没有证据表明特奥菲洛在此之后打算雇用新的工人。大部分犁过的土地都没有播种，只有蒂乔承担了一些农活。巴拉德罗姐妹吩咐蒂乔，与其去别人的杂货铺里扛麻袋，不如每天上午去农场"看看有什么帮得上忙的地方"。是他摘下牛栏里种的玉米棒子，用麻袋装好运回家；是他穿着胶鞋，拿着铁锹，一整天在泥地里浇灌种下的小麦。特奥菲洛则下决心要把拖拉机发动起来，经常花几个小时研究车头，可除了发动机偶尔"突突"几声，车子依旧纹丝不动。

那四个姑娘在谷仓里住了三周，其间特奥菲洛和欧拉利亚应该没有虐待她们。她们的生活是这样的：清晨，特奥菲洛把门打开，让她们去田野上活动一会儿，解决生理需求，如果愿意还可以在水车边梳洗，之后再把她们关起来。上午九点，特奥菲洛再次打开门，欧拉利亚把盛着食物的砂锅送进去。“女犯人”的早餐是玉米饼、菜豆、红辣椒酱和一壶橙叶茶。这个分量她们吃不饱，但也不会很饿。欧拉利亚会回去取空碗碟，亲自洗干净。白天剩下的时间姑娘们都被关在屋子里。下午六点，特奥菲洛再放她们去田野上活动一会儿，然后让她们回谷仓吃晚餐，食物和早餐一样，分量也一样。碗碟撤走以后，特奥菲洛给门上锁，第二天再打开。

平托夫妇和四个“女犯人”的关系相当和睦。特奥菲洛对她们说：

我们之间无冤无仇。你们被关在这里是堂娜阿尔坎赫拉的命令，她不许我放你们走。在这里请尽管放心，我们不会虐待你们，也不会在生活上亏待你们，相处起来不会有问题。

其中一个姑娘大着胆子问，她们要被关多久。特奥菲洛回答：

这要看堂娜阿尔坎赫拉。

3

蒂乔总是趁天还没亮就起床，坐首班车离开康塞普西翁德鲁伊斯。比起在杂货铺搬麻袋，他更喜欢在田里干活。他穿得既不像服务员，也不像农夫——宽檐帽、破洞衬衫、开司米套装、皮凉鞋。蒂乔到达农场时，天刚蒙蒙亮，大家都还在睡觉，除了一条并不朝他吠叫的狗。他穿上棚屋里的靴子，拿上铁锹，然后去检查灌溉情况，确认一夜过后有没有什么问题和成果。

故事的关键时刻，蒂乔正站在靠近马路的管道末端。我们可以想象一下他眼前的场景：

灌溉管道和马路离得很近，从他站的位置平行延伸出去。路面坑坑洼洼，管道架设在长满青草的田埂上。这条线把农场分成两个部分：蒂乔右手边是播了种和灌溉过的土地，黑色的土壤上冒出点点嫩绿的麦苗；左手边是荒废的灰黑色耕地，土块像石头一样坚硬。水管和道路的另一端就是水车，水车旁边是谷仓，谷仓挨着农舍。农舍的外墙刷成了白色，有一扇大门和两扇窗户；谷仓是砖红色的，门关着。农舍左侧几米处是棚屋，里面停放着那辆红色拖拉机。

当时是清晨，气温很低，天空没有一片云彩。

一个人影出现在农舍门口，往谷仓走去，打开了谷仓大门。四个衣衫褴褛的女人缓缓走出来。她们在阳光下停留了一会儿，然后走到围墙边，掀起衬裙，蹲成一排。那个打开谷仓大门的人影朝棚屋移动，在拖拉机前弯下腰，迅速做了一个动作，只见排气管上方升起一股白色气旋，发动机“突突”一声，然后就没了动静。另一个人影出现在农舍门口，站在那里没动。

蒂乔移开视线，弯腰用铁锹移开一个土块，让水流过，接着加固田埂。听见叫喊声之前，他一直在埋头工作。

等他移回视线，眼前的画面发生了变化。之前蹲着的四个女人正在耕地上奔跑。蒂乔意识到她们是想从耕地斜穿到马路的另一端，最大限度地避开他。刚才站在农舍门口的人影不见了，棚屋处的人影正朝着农舍门口移动。那四个人逐渐在耕地上散开，跑得十分艰难，深一脚浅一脚，半天前进不了一步。另外两个人影在农舍门口会合。刚才进屋的那个已经出来了，双手拿着一样东西，交给从棚屋过去的那个。这个人影一动不动地站了一瞬。没有火花和烟雾，只有突如其来的枪声把蒂乔吓了一跳。

坏运气

1

堂特奥菲洛说，您交给他看管的四个姑娘当时试图逃跑，他按照您的指令朝她们开了枪，用的是您给他的那杆保护奶牛的卡宾枪。其中一个姑娘已经死亡，还有一个重伤，另外两个投降了，被我们重新关了起来。这是最新情况。堂特奥菲洛还说，他在等您做进一步指示。

这是事发后不到一小时，蒂乔向阿尔坎赫拉传话的内容，与原话基本一致。我们能想象到阿尔坎赫拉听完后说了什么。无论当时、之后还是现在，在有关天使农场这四个姑娘的问题上，阿尔坎赫拉都不承认自己提过“卡宾枪”这个词。

我让他照顾她们，满足她们的需求，不要让她们离开，但没让他开枪。

现在，她坚持用“我的笨蛋姐夫”称呼特奥菲洛。

值得一提的是，无论是把姑娘带去农场的“梯子”，还是车子被卡住时和特奥菲洛一起出门帮忙的欧拉利亚，都没有听见阿尔坎赫拉提到卡宾枪。

由此推断，事情是这样的：阿尔坎赫拉给了特奥菲洛一杆卡宾枪，然后把姑娘们带到农场，特奥菲洛朝姑娘们开了枪，认为自己是奉命行事。

得知此事后不久，阿尔坎赫拉病倒了，自称是气病的。卡拉韦拉将一杯银艾叶茶端到她床头。据卡拉韦拉称，阿尔坎赫拉当时说：

卡拉维丽塔，这次我们完蛋了。

在阿尔坎赫拉养病期间，塞拉菲娜和蒂乔坐“梯子”的车去了天使农场。他们到达时，那个重伤的姑娘已经死了。

在大家的印象中，塞拉菲娜没有斥责特奥菲洛，只采取了一些她认为谨慎的措施：在耕地上四处查看，直到找到一块满意的地方。蒂乔扛着锹和镐一直跟在她身后。那个地方远离马路，在田埂下，有仙人掌遮挡，不容易被发现——尽管附近也没有人。塞拉菲娜命令蒂乔在那里挖一个坑。

与此同时，塞拉菲娜回到农舍，得出结论：无论是特奥菲洛还是他的妻子，都没有能力“照顾那几个姑娘”。

她让特奥菲洛打开谷仓，命令关在里面的两个姑娘上车，带她们回到镇上。把她们单独锁在房间后，塞拉菲娜又回到农场，检查掩埋情况。

死者的衣服被堆在一起，一把火烧了。蒂乔、“梯子”和特奥菲洛一起把裹在麻布袋里的尸体从棚屋抬到坑里。特奥菲洛一开始拒绝参与埋尸。“梯子”和蒂乔填好坑，尽最大努力抹去了一切痕迹，塞拉菲娜很满意。天色逐渐变暗，气温很低。男人们饥肠辘辘，欧拉利亚让他们进屋吃点东西，但塞拉菲娜拒绝了，说应该抓紧时间回镇上。大家走到车边，相互道别，塞拉菲娜亲了欧拉利亚一下。据说，特奥菲洛为塞拉菲娜拉开车门时问她：

现在还有什么吩咐?

没有了。塞拉菲娜回答。等阿尔坎赫拉恢复，她会决定怎么处置你。

说完这些，塞拉菲娜等人出发返回镇子。特奥菲洛和欧拉利亚留在农场，脑子里不断想起自己杀了两个人，尸体就埋在五十步以外的田埂下，又因没做好老板交代的工作而感到愧疚。

2

之后的几周内，阿尔坎赫拉心血来潮，对丹松舞厅的人员进行了几次重新安置。

那四个殴打罗莎的姑娘像害虫一样被分离出集体，有段时间一直处于妓院最底层，被分别关在舞厅最暗的房间里。卡拉韦拉每天去房间送两次饭——玉米饼和菜豆，分量总是不够吃。其他三个没有参与任何袭击事件的姑娘和玛尔塔能在舞厅内自由活动，甚至可以在饿了的时候去厨房做些吃的。唯独在外出的问题上她们受到限制——前三个姑娘不能出门，而玛尔塔只有在陪卡拉韦拉去市场的时候才能上街。罗莎依旧病着，躺在床上动不了，不过受到了不错的照顾。这些姑娘和两位老板吃的菜色朴素，但是分量不少：菜豆和玉米饼不限量，时不时有面汤，肉菜一周供应两到三次——通常是贝多亚上尉留在舞厅吃晚餐的时候。卡拉韦拉总是在早餐里给上尉加一个鸡蛋，其他人只有眼馋的份儿。晚上九点，“勇士”到舞厅上岗。上尉命令他为巴拉德罗姐妹做事的时候穿便服，但由于他没有几件便服，大多数晚上还是穿着制服衬衫，从衣领上能辨认出褪色的部队编号。卡拉韦拉很宠他，总是给他准备两个铃铛椒酱汁浸鸡蛋、一叠玉米饼、一壶橙叶茶当晚餐。

她说，这是为了让他更好地抵御“寒冷”。“勇士”理应好好站岗，以防那四个姑娘逃走。但实际上，他经常裹着斗篷横卧在楼梯中间，睡得死死的，旁边放着一杆自动来复枪。

特奥菲洛杀了两个姑娘之后，局面发生了变化。逃跑事件中的两个幸存者成了舞厅里地位最低的人。她们目睹了同伴的死亡，被视同罪犯，终日关在“砌死的房间”里，吃别人吃剩的食物——轮到她们时，碗里几乎空空如也了。隔离措施非常有效，数月间，舞厅里的其他人完全不知道她们被关在那里，也不知道农场里发生了什么。

从农场回来的姑娘受到了严惩，而尽管罗莎还病着，阿尔坎赫拉却决定减轻对殴打罗莎的四个人的惩罚，允许她们白天出房门，去厨房填饱肚子，相互见面聊聊天，晚餐后再回到各自的房间。卡拉韦拉会给她们的房门上好锁，第二天再打开。

毫无疑问，卡拉韦拉是巴拉德罗姐妹的无条件支持者、反抗者的天敌，不过她和姑娘们之前一直保持着相对融洽的关系。然而，卡拉韦拉给房门上锁的行为似乎招致了四个被禁足者的憎恶。

应该没有发生挑衅或争吵。没人知道那四个姑娘的目的是什么。故事是这样的：一天上午，早餐过后，那四个姑娘在厨房清洗碗碟，卡拉韦拉恰巧走了进来。卡拉韦拉说，进去后她立刻感觉到她们在等自己，那四人则说她们事先没有商量。卡拉韦拉称自己没开口说话，那四人则说她骂她们是“一群婊子”(?)。随后，趁卡拉韦拉没来得及反抗，奥罗拉·包蒂斯塔用锅砸了她的脸，另外一个人——卡拉韦拉没看清她是谁——用大木勺打了她的头。

所有迹象都表明，那四个人想仿照玛尔塔事件故技重施：把卡拉韦拉塞进旱厕活埋。值得注意的是，这次理应比上一次容易成功，因为卡拉韦拉比玛尔塔瘦很多，应该塞得进去。

对所有当事人来说幸运的是，这个计划失败了。那四个人架着神志不清的卡拉韦拉往旱厕走时，正巧撞见了喂完鸡准备回屋的阿尔坎赫拉。接下来发生的事情证明，在任何时刻，老鸨对员工都有绝对的震慑力。看见阿尔坎赫拉，那四个人吓了一跳，不敢违抗她的命令。阿尔坎赫拉没有放下手中的盘子，直接指使那四个人把卡拉韦拉送回房间，抬到床上，还让她们自己去找正在餐厅做针线活的塞拉菲娜，请她把她们关起来。

那天晚上，贝多亚上尉亲自监督，惩罚了四个袭击者。他要求她们用那只大木勺互相殴打。奥罗拉·包蒂斯塔不知受什么冲动驱使，朝索卡罗嘴上打了好几下，竟把她的牙敲掉了。玛丽亚·德尔卡门大叫，“你会杀了她的”。于是上尉介入，从奥罗拉手里夺下木勺（庭审期间，上尉提到了这个人道主义行为）。

卡拉韦拉的脸肿了一个多星期，没有参与那晚的惩罚，事后也没表现出对几个袭击者的怨恨。

3

十二月中旬，贝多亚上尉要去梅斯卡拉城处理一项部队的事务。出发前，他思考了两件事：第一，无论他单独前往还是带一个同伴，开一间房的价格不变；第二，丹松舞厅的氛围越来越压抑，几个月来，塞拉菲娜一直神经紧绷，需要休息一下。于是，上尉邀请塞拉菲娜与他同行，她答应了。

他们坐的是客车的一等座。上尉大献殷勤，先是让塞拉菲娜坐靠窗的位置，又在一个停靠点下车，自己掏钱给她买了她想吃的糖山楂——他从没为其他人做过这样的事。上尉穿了制服；塞拉菲娜为了防止发型散乱，用一条红色丝巾裹住了头。

上尉说，客车发动的时候，塞拉菲娜仿佛一下子忘记了舞厅的麻烦，平静下来，专注地欣赏风景，还不停感叹，“你看那块石头多大”，或者“住在这么荒凉的地方会是什么感觉？”上尉说，这些话清晰地道出了塞拉菲娜想远离妓院、归隐田园的愿望。

晚上八点，他们到达梅斯卡拉城，上尉依旧心情愉悦。他放弃了住在大巴站附近的想法，觉得那边的旅馆“虽然价格便宜，但环境嘈杂”。他们坐出租车——上尉掏钱——来到市中心一家相对豪华的旅馆。前台接待员告诉上尉房间价格时，他也没有面露愠色，执意让对方多给他介绍几种房型，让塞拉菲娜从中挑选她最喜欢的。最终，他们选了一个带阳台的房间，从阳台上能看到一个小花园，花园里有几把长椅；还能看见一座教堂的门廊。

塞拉菲娜摘下红色丝巾。上尉带她去一家有名的酒吧吃晚餐。

第二天，上尉几乎一整个上午都在军务管理处办事。塞拉菲娜去旅馆门口买了些梅斯卡拉当地的甜点，打算带回去送给姐姐。中午，上尉在回旅馆的路上，远远地看到塞拉菲娜从阳台探出头，微笑着朝他挥手。他说自己好几个月没看到她那样开心了。

吃完午饭，他们去看了场电影，之后就分开了，上尉回军务管理处继续处理公事，塞拉菲娜往旅馆走。她这样描述了后来发生的事：黄昏时分，她走在一条记不起名字的街道上，周围有很多人。突然，对面街道上有什么东西吸引了她的注意，她说不出具体是什么，也许是一个身影，或是一个动作，这让她很不安。她继续往前走，不知道自己怎么了，过了一会儿才意识到，她刚刚在人群中看到了西蒙·科罗纳。压抑多年的怒火瞬间涌上心头，她感觉自己嘴中发苦，不得不停下来吐出口水。她再次回忆起在阿卡普尔科那晚经历的屈辱——当她担忧地走进店铺时，看见了另外一扇门，发现西蒙欺骗了她。她再次对自己产生了一股强烈的怜悯之情——她曾经对他那么好，他却忘恩负义。她觉得，要是当时手袋里放着那把点四五口径的手枪，她肯定会朝对面人行道上来往的路人开枪。但是她没带。

她说自己像疯了一样。她避开车流横穿马路，途中一个胖男人挡了她的路，她直接用手肘顶开，然后跑了几米来到街角，站在那里观察四周，却没有找到那个令她恨之入骨的男人。

她说自己迷路了，一边走一边问路才回到旅馆。这一路上，她复仇的愿望变得更加强烈。

他这么深重地伤害了别人，怎么能不受惩罚？这不公平。

贝多亚上尉说，他回到旅馆时，塞拉菲娜没有如他所想地出现在阳台上。上尉打开门，看见她坐在房间角落的一把椅子上，屋子里几乎漆黑一片。她看着他，神情异常，明显是在等他。一进屋，他就听到她说：

我经历过一些你不知道的事。

我们不难想象，上尉脱下大衣，走进厕所，敞着门小便。塞拉菲娜则站在屋子中央，讲述自己和西蒙·科罗纳——上尉并不知道这个人的存在——的往事，声音随着情绪而起伏，中间出现了“愚弄”“忘恩负义”“不可原谅”等词。最后，她说：

我之前找你买点四五口径的手枪，就是为了杀他。

接下来发生的事出人意料：贝多亚上尉不仅不认为塞拉菲娜在胡说八道，劝她保持冷静、忘记那件事，反而对她表示支持，承诺帮她实现复仇。

根据证词，第二天，塞拉菲娜走遍梅斯卡拉城的大街小巷寻找西蒙·科罗纳，但没找到——后来她才知道，西蒙·科罗纳那几天不在城里，她在街上看到的只是一个幻影。上尉花了好大力气才说服她返回康塞普西翁德鲁伊斯，但她没有忘记自己的目标，也没忘记上尉承诺要帮她。因此几天后，塞拉菲娜、上尉、“勇士”和“梯子”一起去了萨尔托德拉图斯巴纳（见第一章“两次复仇”）。

（庭审中提到，现场痕迹显示，塞拉菲娜和“勇士”用足以致命的武器朝面包店里开了很多枪。贝多亚上尉坚称，他们去萨尔托德拉图斯巴纳只是为了“好好吓唬一下”西蒙·科罗纳，并不是要杀死他。“勇士”的证词与上尉一致：他说自己枪法很准，要想击中柜台后面趴在地板上的两个人不是难事。然而，当法官问到“您认为这个男人——西蒙·科罗纳——明明不打算回去，还留您在街角空等的行为该死吗？”塞拉菲娜回答“当然”。她还承认，她曾站在面包店门口对那两人开了枪，但那把点四五口径手枪“不听使唤”。）

警察到了

1

对于袭击者，您有怀疑对象吗？萨尔托德拉图斯巴纳检察院的人问西蒙·科罗纳。后者缠着绷带，斜靠在急救室的一张床上。

西蒙毫不迟疑地说了塞拉菲娜的名字。检察院的人询问他嫌疑人的具体信息，西蒙给出了磨坊舞厅的地址，因为他不知道丹松舞厅的存在。从那时起，依照官僚体制惯例，调查报告终日躺在写字桌抽屉里，被打回原点重新签发后又流转到别的办公室，继续躺在写字桌抽屉里，越积越多。这种情况下，很难说是审理过程的曲折还是一丝不苟更让人惊讶。官僚作风终结在康塞普西翁德鲁伊斯警局的特奥杜洛·奎托警长手中，他收到的文件上写道："请将塞拉菲娜·巴拉德罗·华雷斯交予梅斯卡拉州检察院处理……"

接到指令后，奎托警长做的第一件事是约贝多亚上尉在戈麦斯旅馆的餐厅见面。奎托警长否认两人见过面。贝多亚上尉则对他们见面时说的话做了如下陈述。

他告诉我他接到了塞拉菲娜的逮捕令，出于谨慎考虑，她最好通知一下自己的律师。我对他说，我不明白为什么下令逮捕塞拉菲娜，更不明白她为什么需要律师。奎托对我说，萨尔托德拉图斯巴纳发生了一起枪击案，塞拉菲娜被列为犯罪嫌疑人。听到这里我回答：

我以墨西哥国家陆军军官的身份和圣母的荣誉向您起誓，警长，塞拉菲娜在萨尔托德拉图斯巴纳没有认识的人，也没有去过那个地方，更不知道它在哪里，甚至可能不知道有这样一个地方存在。

警长说，他感谢我的诚恳，也相信塞拉菲娜无罪，但他仍要逮捕她。我感谢他向我透露消息。他补充道，根据收到的指示，他的任务是第二天撕掉丹松舞厅的封条，搜查舞厅内部，不过他相信不会出什么问题。我让他不要担心，一切正常。说罢我们便分开了。

两人告别后，贝多亚上尉全力赶往舞厅。这个消息自然引起了大家的惊慌。卡拉韦拉说，阿尔坎赫拉似乎是这么指责塞拉菲娜的：

自私自利，只想着给自己报仇，牵连了我们。

塞拉菲娜回答：

天生性格冲动是我的错吗?

众人在紧急命令下迅速行动起来。蒂乔在餐厅搅拌灰浆，开始填补墙上的洞。“梯子”也被叫过去帮忙。姑娘们负责收拾床单和生活用品，准备去天使农场过夜。塞拉菲娜尝试与伦东律师取得联系，后者从这时起就消失在这个故事中。接下来的十五天，巴拉德罗姐妹又试着和他联系了三十多次，都没有成功。她们犹豫不决，不知道该怎么办。塞拉菲娜曾当着众人的面向阿尔坎赫拉提议：

我们去美国吧。

但她们去了农场。下午，“梯子”开车来回跑了四趟，剩下的十一个女人重新聚到一起。她们在谷仓里铺上席子，睡在上面，卡拉韦拉负责看守，表面上一片祥和。夜里很冷，第二天早上大家发现罗莎发烧了。卡拉韦拉诊断她染了风寒，为她准备了牛至茶，帮助她恢复健康。罗莎喝下以后，病情仿佛有所缓解，三小时后却死了。蒂乔急忙挖了个坑，把她埋在田埂下另外两具尸体旁边。

2

第二天，一月十四日，奎托警长来到独立街，撕掉了丹松舞厅的封条，在三个警察和一个法院书记员的陪同下进入舞厅。他们似乎没发现什么异常，不到十五分钟警察就都撤出去了。书面报告中遗漏了一个事实：厨房里的玉米饼不可能在那儿放了两年。

当天下午，奎托警长去了天使农场。由于灌溉管道又开始渗水，马路泥泞，他们的车被卡住了。三个警察和书记员尝试把车推出来，奎托警长则步行走完了剩下的两百米，到达农舍。阿尔坎赫拉和塞拉菲娜正站在大门口，好像在等他。奎托警长说，他还没来得及问候她们下午好，阿尔坎赫拉就对他说：

我给你一万比索，你就说到处都找不到我妹妹。

没人知道奎托警长当时是怎么回答的。（巴拉德罗姐妹从未承认自己有意或已经贿赂了警长。）那天晚上，奎托警长撰写了一份报告发给总部，说他撕掉了丹松舞厅的封条，搜查了舞厅内部，还去了天使农场，“没有找到嫌疑人”。报告的语气带有总结性质，如果忽略事实，仅以此报告为依据，人们会认为那就是最终的搜查结果。

事实并非如此。第二天，奎托警长跟上次一样，同三个警察和一个书记员一起回到丹松舞厅。

（值得注意的是，和去戈麦斯旅馆的餐厅提醒贝多亚上尉时一样，奎托警长回到舞厅的意图不明。他对自己的行为做出如下解释：

萨尔托德拉图斯巴纳枪击案没有造成严重伤亡，阿尔坎赫拉女士却给我那么大一笔钱，这让我怀疑她们卷入了比枪击案更严重的罪案。因此我决定回到丹松舞厅，进行一次更仔细的搜查。）

第二次回到舞厅，奎托警长和他的助手们检查了所有房间，上上下下，里里外外，连厨房和储煤间也没放过。他们应该已经发现无数条显示舞厅近期有人居住的线索，但那不是他们想要的。最终他们来到院子里，奎托警长从院子一头走到另一头。

他说：突然，我发现自己的双脚在慢慢往下陷。

他叫来一个随行的警察，命令他：

拿把铁锹来，在这里挖个洞，我要看看下面是什么。

洞挖到一米深时，露出了布兰卡的手部残骸。

3

发现这个令人震惊的事实后，搜查中断了几个小时。奎托警长向佩德隆内斯请求增援，等人手到了再进行下一步行动。之后他们花了更多时间部署防卫：一组狙击手在天使农场南边切断马路出口，另一组狙击手在北边打掩护，等等。奎托警长第一个到达农舍，他戴着一顶牛仔帽，身穿防弹背心，握着一把手枪。农舍已经空了。警察使用武力打开谷仓的门，发现被囚禁的姑娘们还在，她们中的大多数正在抱怨自己已经一天一夜没吃东西了。

其中一个“女囚”奥罗拉·包蒂斯塔说，她听到巴拉德罗姐妹提到“诺加利斯”一词。听到这里，警长以前所未有的速度行动起来。他派人将谷仓里的姑娘们带回警局，自己则带上两个警察，开车全速前往佩德隆内斯。

他们赶到大巴站，恰巧拦住一辆发往诺加利斯的客车。奎托警长爬上车，站在过道查看四周。二十三号和二十四号座位上有两个佯装睡着了的女人，脸上蒙着头巾。她们就是巴拉德罗姐妹。

4

巴拉德罗姐妹被带到康塞普西翁德鲁伊斯警局，她们经过一条走廊，谷仓里的姑娘们正在旁边的一间办公室里录口供。据说，看见巴拉德罗姐妹被押送着经过时，其中几个姑娘从长椅上站起来，跑到门边，冲她们叫“死老太婆”“大骗子”等话，声音在走廊中回荡。那是巴拉德罗姐妹第一次听到员工骂自己。

贝多亚上尉在大巴站和塞拉菲娜约好会去诺加利斯找她。上尉对巴拉德罗姐妹被捕的事情一无所知。他在军营睡了一夜，清早起来检阅部队，去戈麦斯旅馆吃早餐，然后在开门的第一时间去了一趟下普兰州商业银行。

上尉填写储蓄账户取款表格的时候，两个警察走进银行，向他靠近，准备逮捕他。为了不引起银行职员的注意，其中一个警察低声对他说：

上尉，请不要抵抗。

听到这句话时，贝多亚上尉没眨一下眼，他撕掉表格，收起钢笔，伸出握成拳的双手，让另外一个警察给他戴上手铐。但那个警察没有随身携带手铐，因此他们三个互相勾着手臂走出银行，好像三个喜相逢的朋友。

认为自己无罪的“勇士”在军营中被捕。同样认为自己无辜的“梯子”两天后被捕，当时他正坐在圣弗朗西斯科教堂门廊前的台阶上，跟别的司机讲述巴拉德罗姐妹的遭遇。没人揭发蒂乔，也没人搜捕他，他得知巴拉德罗姐妹被捕后去自首，花了好大工夫才说服警察把自己关进监狱。要是欧拉利亚和特奥菲洛·平托没有为了“确保安全”而出境，他们本来可以成为漏网之鱼，因为警察没有他们的照片。他们在美国得克萨斯州因没有证件被捕，然后被移交给墨西哥警方，交代了自己的真实姓名。

康塞普西翁德鲁伊斯的监狱第一次收押了十九名犯人。平时那里关的都是醉汉，第二天上午清扫完街道就能出狱。

几天后，收押人数增长到二十人——西蒙·科罗纳被带到康塞普西翁德鲁伊斯录口供。他在那里没待满一天便被一个不知名的囚犯捅了一刀，伤势不致命，但需要马上住院。

5

没人知道追捕巴拉德罗姐妹的奎托警长在故事中到底扮演了什么角色。我们可以尝试这样解释：

特奥杜洛·奎托警长的名字出现在阿尔坎赫拉账簿里的“上缴”部分中（见附录“阿尔坎赫拉的账簿”）。他一开始想在完成任务的同时，为巴拉德罗姐妹制造几次脱罪的机会，所以才在戈麦斯旅馆的餐厅约贝多亚上尉见面、趁舞厅没人的时候进去搜查、见到逮捕对象塞拉菲娜时没有实施抓捕。有可能他接受阿尔坎赫拉的一万比索不是以糊涂结案为条件，而是要给她们两天时间做准备；还有可能他后来在调查的某个节点改变了主意——比如他在院子里发现布兰卡的手的时候——决定加快行动，实施抓捕。巴拉德罗姐妹原本还需要二十四小时才能逃脱。

必须承认，上述推测无法解释奎托警长第二次去丹松舞厅时发现布兰卡尸体的原因，尸体的曝光应该纯属意外。

佩拉尔塔法官的审判

1

佩拉尔塔法官负责起诉“塞拉菲娜·巴拉德罗、阿尔坎赫拉·巴拉德罗，以及其他人”，首要任务是将十九名犯人划分成两组：预审时抱怨自己受过虐待的人被视为被害人，什么也没抱怨的人被视为犯罪嫌疑人。

接下来的一步是把被害人和嫌疑人分开。归入第一类的六个姑娘被从原来的囚室带到了法院大楼里专门为她们准备的一个房间。房间没有栅栏，朝向天井，里面摆着几张从基督教徒家借来的床。法官允许她们出门，同时嘱咐她们案件审理的时候必须到场。她们也不必再吃监狱长夫人做的食物——大家一致认为很难吃。康塞普西翁德鲁伊斯市的市长带头和几位先生共同筹措资金，让一家酒馆的老板每天准备六人份的早饭和午饭，用笼屉装好送到法院大楼。公众对这些姑娘的健康状况表示担心，因为她们在口供中表示自己已经一年多没吃过饱饭了。

等我们有权有势的朋友知道你们的所作所为，会让你们见识到谁更有理。书记员宣读文书上罗列的指控时，阿尔坎赫拉如是说。

两天过去了，她口中有权有势的朋友没有出现。姐妹俩也联系不上伦东律师，没有人为她们辩护。消息传出后，三个之前没有过任何抱怨的姑娘向法官请求补充证词：她们开始给巴拉德罗姐妹打工后，发现自己在工作内容上受到了欺骗——其中两人到达磨坊舞厅时以为自己是去做女仆的，另一个以为自己要去的是火柴厂。此外，她们当时都还未成年，留下工作并非自愿，三人分别待了十年、十二年和十五年，其间从未获得相应的劳动报酬。

补充完证词，三个姑娘当天就被释放出狱，开始享受被害人待遇。

2

一开始，巴拉德罗姐妹拒绝在咨询律师前做任何供述。但时间一点点过去，伦东律师一直没有出现，她们只好在没有参谋的前提下接受了一次预审。

提问：您对院子里出现三具尸体作何解释？

回答：我们对此完全不知情，天知道是谁把她们埋在那里的。

或者如下。

提问：好几个员工抱怨你们想饿死她们。她们说，你们只给每个人一张玉米饼和五颗菜豆。您对此作何解释？

回答：撒谎。大家在舞厅吃的都一样，连面条汤都一模一样。

两姐妹入狱的第四天，几家报纸的评论员在文章中写道，巴拉德罗姐妹在下普兰州势力强大，不可能被定罪。作为对流言的反击，佩拉尔塔法官宣布临时冻结两姐妹的所有财产，“以保障被害人获得赔偿的权利”。

阿尔坎赫拉得知这个消息后昏了过去。

他们要夺走我们的财产！清醒之后她说。

报纸刊登了阿尔坎赫拉的照片，照片中的她抓着栅栏，仿佛要折断它们。照片底部加了注释，“她欠下六条人命，却只在乎自己的财产”。

鉴于被告人的辩护律师没有出现，佩拉尔塔法官委托赫德翁·塞斯佩德斯律师担任此职。

与被告人商议之后，塞斯佩德斯律师接受了记者的采访。

请各位不要对我产生误解，他说，我为她们辩护是为职责所困，因为我是公设辩护人。但是我不赞成她们的立场，相反，我认为她们应该被判处死刑。不幸的是，下普兰州没有死刑。

3

“……不让她出门，几乎不给她饭吃。有一次她和三个同伴做了一件惹老板不高兴的事，四个人全被关进了一个房间。塞拉菲娜走进房间对她说，‘拿着，用这根小棍子打她们。要是我发现你不够使劲，我就打你’。（她展示了身上的瘀青。）”

“……他看见阿尔坎赫拉·巴拉德罗女士打开桌子上的包裹，里面是那杆卡宾枪。巴拉德罗女士当时说了下面这番话，‘我把这杆卡宾枪留给你，万一有人来偷牛，你可以用来对付他’……阿尔坎赫拉·巴拉德罗女士还在另外一个场合对他说，‘我把这四个姑娘交给你，好好照顾她们。要是你发现有人想逃跑，就朝她们开枪’。因此，这位供述人说，他开枪只不过是遵守命令。”

关于贝多亚上尉的罪行：

“……供述人称她和其他姑娘在洗手池洗衣服的时候看见贝多亚上尉走进院子，一边往院子深处的围墙走，一边拉开裤子准备尿尿。突然，他停下脚步，凝视着柠檬树下的木盆问，‘这是什么？’她们回答，‘是布兰卡’。上尉立刻面露不悦，让塞拉菲娜女士‘告诉蒂乔，今晚把布兰卡拉到郊区，丢到垃圾堆里喂狗’。”

“……她看见贝多亚上尉从院子里的一棵灌木上砍下几根枝条，用自己的手心试验哪根打人最痛……”

“……她在铺桌子的时候听到上尉对塞拉菲娜女士说：‘这里的姑娘已经没用了，身上的肉都松了。得先把她们丢进魔力酱，包到塔可里，才会有人喜欢她们……’”

“……她确信贝多亚上尉是塞拉菲娜·巴拉德罗的情人，也确信他有时候和她睡觉，因为供述人在餐厅布菜的时候，不止一次看见上尉吃完晚餐后解下皮带……”

“……每天早晨，上尉的早餐里都有一个鸡蛋，而她们只能在厨房里眼馋……”

类似的证词为佩拉尔塔法官提供了依据，贝多亚上尉因涉嫌参与共同犯罪和不法谋划被起诉。

对卡拉韦拉的指控：

“……到达天使农场后，有个叫罗莎 · N 的姑娘病得很重。供述人看见绰号卡拉韦拉的女人走到病人身边，对她说，‘我去给你准备一杯牛至茶’。随后，卡拉韦拉走到火盆边，将水放在上面煮沸，往里面加了一些供述人不认识的东西；之后卡拉韦拉把茶倒入水壶，端给病人喝。几个小时之后病人死了，那个绰号蒂乔的人挖坑把尸体埋了。”

“……她——卡拉韦拉——能上街，我们不能。她能做饭，而我们连火都不能生……”

“……她——卡拉韦拉——就是给布兰卡喂可乐，导致她死亡的人……”

报告里没有留下四个姑娘曾试图在旱厕活埋卡拉韦拉的记录。

对“梯子”的指控：

“……当姑娘们准备从圣佩德罗德拉斯科连特斯转移到康塞普西翁德鲁伊斯时，供述人和另外一个姑娘坐在绰号‘梯子’的司机旁边。他打开她们那侧的车门，对上尉说，‘上尉，这里有位置，请坐’。于是上尉和她们挤到一起，压得她们喘不过气。供述人当时说‘我感觉我的骨头断了’，但没人理会她。”

上一段显示，“梯子”从两个方面违反了下普兰州运输法：运输条件威胁到乘客安全；在禁止卖淫的地区运送妓女。西蒙·科罗纳的证词——见第二章——让警方怀疑“梯子”也运输过尸体。

这里省略部分内容。

案件审理的第五天，奥罗拉·包蒂斯塔请求法官允许她对自己的证词进行如下修改：将“巴拉德罗姐妹每个月做账，从她的工资中扣除开支，但是最后一年她们既没有做账，也没有支付她一分钱……”改成“巴拉德罗姐妹每个月做账，但从没支付过她一分钱……”

将“她从十九岁开始在磨坊舞厅打工”改成“记不清自己当时的年纪，但好像是十六岁”。

此外，据文书所示，她添加了以下内容：“九月十四日，她看到塞拉菲娜和阿尔坎赫拉·巴拉德罗姐妹将两个姑娘推下看台”。

4

有关巴拉德罗姐妹案件的第一篇报道刊登在《底层的

太阳》第八页，一个题为“康塞普西翁德鲁伊斯新闻”的固定栏目中。当有消息透露，被发现的三具尸体都是年轻女子、埋尸场所是一家妓院时，全国上下各大报纸开始争相做头条报道。第三天，对此事极为关注的公众获知，警方在天使农场又发现了三具尸体。

记者、摄影师和好事之徒纷纷涌入康塞普西翁德鲁伊斯。复盘案件的时候，佩拉尔塔法官在现场数出了一百一十九名无关人员。塞拉菲娜·巴拉德罗和奥罗拉·包蒂斯塔在二十三台相机前进行对质，双方互相辱骂，都称对方在说谎。应报社摄影师的要求，被害人——当时有九名——在天井中跪着摆出双臂交叉的姿势，手中举着和贝多亚上尉之前挑选的相似的石头。

记者和公众期待更多尸体被发现，这个倾向歪曲了对事件的解读。例如，西蒙·科罗纳在供述中称，他曾在一九六〇年帮巴拉德罗姐妹运过一具尸体进山。公众将其解读为，多年来巴拉德罗姐妹专门从事杀人活动，将尸体抛在路边或者埋在院子的角落。取得被害人陈述后，报纸上刊登了这样的证词，“记得有一个叫帕特里西娅的女人在‘美丽的墨西哥’工作过几天后就消失了，从此杳无音讯……”圣佩德罗德拉斯科连特斯政府下令撬开“美丽的墨西哥”的地板，检查下面是否埋着尸体，但没有任何发现。《底层的太阳》编辑部收到三十多封丢了一个或多个女儿的母亲寄去的信，她们有理由怀疑自己的女儿流落到了妓院，于是请求报社社长告知，在尸体或被害人当中，是否有与信件附带的照片上样貌相似的人。

奎托警长负责最后一次尸体搜寻。他从监狱中押出五名被告人——贝多亚上尉、“梯子”、特奥菲洛·平托、蒂乔和“勇士”，把他们带到丹松舞厅。奎托警长将他们集中在舞厅，发给他们铁锹和镐头，命令他们从舞池中央开始挖，不挖到尸体不准停下。（警长向记者解释，他下这个命令是希望被告人中有人交代尸体的位置，而不是在明知空无一物的地方无止境地挖下去。）由于没有被告人供认，他们五人连续挖了整整三天，一开始在舞厅——挖的洞至今还在，然后在院子里，最后在天使农场耕地上奎托警长随意选的一个地方。

5

佩拉尔塔法官认为“塞拉菲娜·巴拉德罗、阿尔坎赫拉·巴拉德罗，以及其他人”犯了以下罪行：一级谋杀、过失杀人、非法拘禁、身体和精神虐待、非法持有枪支、非法携带枪支、使用枪支威胁他人、腐化未成年人、组织卖淫、剥夺他人收入、欺诈、非法占有没收财产、非法掩埋尸体、违反联邦和州立运输法、隐瞒财产。

最终，法官宣读如下判决：塞拉菲娜·巴拉德罗和阿尔坎赫拉·巴拉德罗犯有以上多种罪行，判处三十五年有期徒刑；贝多亚上尉作为共犯，判处二十五年有期徒刑；卡拉韦拉犯有一级谋杀罪（罗莎·N）和过失杀人罪（布兰卡），判处二十年有期徒刑；特奥菲洛·平托犯有两项一级谋杀罪，判处二十年有期徒刑；欧拉利亚从墙上取下卡宾枪交给丈夫，判处十五年有期徒刑；蒂乔犯有非法掩埋尸体罪、参与共同犯罪，判处十二年有期徒刑；“梯子”违反运输法、参与共同犯罪，判处六年有期徒刑；等等。

佩拉尔塔法官下令出售巴拉德罗姐妹被扣押的财产，直到凑齐他亲自列表计算的赔偿金。举个例子：

布兰卡·N的赔偿金计算

未支付的劳动所得工资（共十年，按每月三百比索的最低工资标准计算）……………………36 000.00

滞纳金……………………………………18 000.00

员工死亡赔偿……………………………10 000.00

共计 64 000.00

这笔钱存放在法院，能证明自己是死者合法继承人的人即可认领。（无人认领。）

6

佩拉尔塔法官向九个幸存的被害人分发赔偿金当天，法院大楼的天井里有魔力酱供应。姑娘们领取支票，吃饭，最后跪在康塞普西翁德鲁伊斯教区的教堂里祈祷——感恩上帝，让她们化险为夷。这些时刻都被拍了下来。等她们祈祷结束，摄影师们早已散去。姑娘们在教堂门口互相告别，然后分道扬镳。天色逐渐变暗。从此再没人听到她们的消息。

尾 声

西蒙·科罗纳的刀伤完全恢复后，被送到了梅斯卡拉州的一座监狱服刑。他在狱中表现良好，获释后回到萨尔托德拉图斯巴纳，在当地开了一家面包店，生活幸福。其他人出狱后的情况：“勇士”靠着在监狱里学的手艺当了鞋匠；蒂乔在巴拉哈斯兄弟的杂货铺当搬运工；“梯子”捡起老本行，成了圣佩德罗德拉斯科连特斯一家出租车公司的老板——有流言说，他买车用的是阿尔坎赫拉给他的钱。

在狱中，特奥菲洛·平托赌牌赢了很多钱，然后又输掉了。欧拉利亚出狱后靠卖椰子酥为生。贝多亚上尉目前还被关在佩德隆内斯监狱，他在里面是楼道老大，狱卒和犯人都敬他三分。巴拉德罗姐妹仍在女子监狱服刑，恐怕没机会活着出来。狱中，塞拉菲娜做着贩卖汽水的生意——价格高得离谱；阿尔坎赫拉则售卖卡拉韦拉做的饭。两姐妹还给别人放高利贷。据其他犯人估计，她们的资产累计超过十万比索。

附录

蒂乔的自述

我小的时候，其他孩子都怕我。父母送我去上学，但那位女老师说我块头太大，可能会对其他学生产生不好的影响。他们让我搬运石头、沙袋，还有袋装混凝土。一天下午，我拥抱了一个朋友，松开的时候他摔倒了。看到这一幕的人声称我杀了人，我因此进了监狱。在监狱里，他们也让我搬石头。有一天，医院负责运尸的人死了，一个医生去监狱找人接替这份工作。监狱长把我叫过去，对我说“跟这位先生走”。之后十年我一直做搬运尸体的工作。直到一天上午，这个医生对我说“你可以走了”，随后打开了医院大门。我走到大街上，开始瞎逛，沿着铁道一直往前走。我总是在夜里游荡，因为有月亮，白天就躺在沟里睡觉。只要看到人家，我就走到厨房——狗从来不会冲我叫——把头探进去对里面的女人说“我饿了”。她们害怕，不敢不给我吃的。到镇子上后我会乞讨，但是没人施舍。有一天我在市场外面的人行道上睡着了，睁开眼睛时发现阿尔坎赫拉正在观察我，身边还有两个提着篮子的姑娘。堂娜阿尔坎赫拉对我说：

你体格很壮，相貌很丑，看着也很笨拙。我这份工作你一定会喜欢。

两个姑娘笑了。

从那天起我做了舞厅的服务员，职责是坐在椅子上，随时听候差遣。

利维蒂诺的证词

他表示，自己频繁光顾“美丽的墨西哥”，是出于某种精神上的求知欲。他描述了几位在那里认识的非凡女性。其中一位每晚要脱光四到五次，始终面带羞涩，声称从来没有男人见过她裸体的样子；另一位虽然跟供述人发生过二十多次性关系，但从来不记得他；还有一位总是讲述同样的故事：她刚收到一封电报，上面说她的母亲生病了，急需她寄钱过去。

利维蒂诺说，他在舞厅最有意思的经历是和堂娜阿尔坎赫拉坐在桌前聊天。她是位哲人。她相信人死了以后灵魂会在空中飘浮一段时间，附着于我们留在别人脑海中的记忆。一段糟糕的记忆会让灵魂痛苦，一段美好的记忆则会愉悦灵魂。当死者被所有人遗忘，或者所有认识他的人都不复存在时，灵魂便会消失。

柔道冠军的阐述

我是代表联邦特区[①]参加泛美柔道锦标赛的选手之一，比赛于一九五八年在佩德隆内斯城举行。（他描述了比赛期间获得的便利条件、对城市的印象，以及联邦特区队是如何在第一轮就被淘汰出局的。那天晚上他和队友们去了磨坊舞厅。）姑娘们得知我们是联邦特区队的柔道选手，都凑到桌边向我们索要签名。舞厅老板（塞拉菲娜）过来和我们握手，让姑娘们给我们戴上纸制花环，还请了我们每人一杯酒。

为你们的胜利干杯，小伙子们。她对我们说。

我们没敢告诉她，我们已经被淘汰了。（他描述了舞厅的陈设，对比了联邦特区和佩德隆内斯的妓院，发现后者更加实惠，服务态度也比前者好。他讲述了自己与一个名叫马格达莱娜的姑娘相处的经历。最后他遗憾地表示，

① 当时，墨西哥城与周边城镇合称为“墨西哥联邦特区”。

自己还没来得及再次光顾，磨坊舞厅就被查封了。）

堂古斯塔沃·埃尔南德斯的证词

要是您问我，一个已婚已育并且生活幸福的男人每周六晚上去妓院做什么？我不知道该如何回答您，但我就是这么做了。我当时迷了心智。每周六，教区的钟敲完九下，我就关了杂货店，去“美丽的墨西哥”。一踏进舞厅，美好的事物扑面而来：室内装饰、姑娘、音乐。我纵情跳舞、喝酒、聊天，舞厅里任何一个五十七岁到六十岁的女性都逃不过我的眼睛。

临近天亮我才回家。我的妻子问我，“你去哪儿了？”我说，“去教会开会”。她从来不相信我。多年来，她一直怀疑我有情人，但不知道我出轨过四十三个女人。

堂娜阿尔坎赫拉对我说：

您无须顾忌，堂古斯塔沃。要是没带钱可以签名挂账。您就是我的墨西哥银行。

这些话导致了我的堕落。一天上午，伦东律师来到我的杂货店，从公文包里拿出我签过字的借据，欠款总额超过一万四千比索。他想知道我什么时候能还钱。

虽然我的杂货店被堂娜阿尔坎赫拉拿走抵债了，但当时受到的惊吓治好了我的坏习惯——从此以后我再也没踏足过妓院。我现在和家人幸福地生活在一起。

阿尔坎赫拉的账簿

阿尔坎赫拉的账簿是在丹松舞厅内她自己的房间里被发现的，内容分为三个部分。第一部分记录着员工每周的开支情况，这在第九章中已经有所描述。

第二部分的标题为“欠账的客户”，里面记录的都是圣佩德罗德拉斯科连特斯最有名望的人，包括他们的借据日期、按照月利率百分之十计算出的利息、银行转账等。所有账目都已结清。

第三部分的标题为“上缴”，即阿尔坎赫拉给政府各部门的打点费，比如每天给片警十比索、市长六十比索、奎托警长六十比索等。

照片（见第 212 页）

1：阿尔坎赫拉 · 巴拉德罗

2：卡拉韦拉

3：塞拉菲娜 · 巴拉德罗

4：布兰卡（死于七月十七日）

5：埃维利娅（死于九月十四日）

6：费利萨（同上）

7：罗莎（死于次年一月十五日）

8：玛尔塔（没被按进厕坑）

9：奥罗拉·包蒂斯塔（获得赔偿）

10 和 11：特奥菲洛·平托杀死的两个女人

图书在版编目（CIP）数据

丹松少女 /（墨）豪尔赫·伊瓦尔根戈伊蒂亚著；王琪译．－－北京：北京联合出版公司，2023.7
ISBN 978-7-5596-5916-3

Ⅰ．①丹…　Ⅱ．①豪…　②王…　Ⅲ．①长篇小说－墨西哥－现代　Ⅳ．①I731.45

中国版本图书馆 CIP 数据核字（2022）第 015754 号

北京市版权局著作权合同登记　图字：01-2022-0573

丹松少女

作　　者：〔墨〕豪尔赫·伊瓦尔根戈伊蒂亚
译　　者：王　琪
出 品 人：赵红仕
责任编辑：徐　鹏
特邀编辑：王婧璇　李昕芮
营销编辑：汤尧欣　杨美德
封面设计：李照祥
内文排版：田小波　张　典　贾一帆

北京联合出版公司出版
（北京市西城区德外大街 83 号楼 9 层　100088）
新经典发行有限公司发行
电话（010）68423599　邮箱 editor@readinglife.com
河北鹏润印刷有限公司　新华书店经销
字数 119 千字　787 毫米 ×1092 毫米　1/32　7 印张
2023 年 7 月第 1 版　2023 年 7 月第 1 次印刷
ISBN 978-7-5596-5916-3
定价：49.00 元